中國語言文字研究輯刊

十七編

許學仁 主編

第 9 冊

山東出土金文合纂
（第三冊）

蘇 影 著

花木蘭文化事業有限公司

國家圖書館出版品預行編目資料

山東出土金文合纂（第三冊）／蘇影 著 -- 初版 -- 新北市：
花木蘭文化事業有限公司，2019〔民108〕
目 10+218 面；21×29.7 公分
（中國語言文字研究輯刊 十七編；第9冊）
ISBN 978-986-485-929-0（精裝）
1. 金文 2. 山東省
802.08   108011982

ISBN-978-986-485-929-0

中國語言文字研究輯刊
十七編　　第 九 冊　　　　　　ISBN：978-986-485-929-0

山東出土金文合纂（第三冊）

作　　者　蘇影
主　　編　許學仁
總 編 輯　杜潔祥
副總編輯　楊嘉樂
編　　輯　許郁翎、王　筑、張雅淋　美術編輯　陳逸婷
出　　版　花木蘭文化事業有限公司
發 行 人　高小娟
聯絡地址　235 新北市中和區中安街七二號十三樓
　　　　　電話：02-2923-1455／傳真：02-2923-1452
網　　址　http://www.huamulan.tw 信箱 hml810518@gmail.com
印　　刷　普羅文化出版廣告事業
初　　版　2019 年 9 月
全書字數　286993 字
定　　價　十七編 18 冊（精裝）　台幣 56,000 元　版權所有・請勿翻印

山東出土金文合纂
（第三冊）

蘇影 著

目次

十五、觶

636. 亞醜觶

【出土】1936 年山東益都縣蘇埠屯西周墓葬。

【時代】商代晚期。

【著錄】田野（2）172 頁圖版 2.10，集成 6160，山東成 502.1，通鑒 10194。

【字數】2。

【器影】

【拓片】

【釋文】亞醜。

637. 兴觶

【出土】1957 年山東長清縣興復河北岸王玉莊與小屯村之間（15 號）

【時代】商代晚期。

【著錄】文物 1964 年 4 期 42 頁圖 2.8，山東選 67，綜覽.觶 35，集成
6026，總集 6333，山東成 498.1，通鑒 10060。

【現藏】山東省博物館。

【字數】1。

【器影】

【拓片】

【釋文】兴。

638. 戈觶

【出土】1957 年山東長清縣興復河北岸王玉莊與小屯村之間（25 號）。

【時代】商代晚期。

【著錄】文物 1964 年 4 期 42 頁圖 2.9，集成 6055，總集 6307，山東成
498.2，圖像集成 10071。

【現藏】山東省博物館。

【字數】1。

【拓片】

【釋文】戈。

639. 父乙觶

【出土】1957 年山東長清縣興復河北岸王玉莊與小屯村之間（3 號）。

【時代】商代晚期。

【著錄】文物 1964 年 4 期 42 頁圖 2.10，綜覽.觶 24，集成 6097，總集 6347，山東成 498.4，圖像集成 10159。

【現藏】山東省博物館。

【字數】2。

【器影】

【拓片】

【釋文】父乙。

640. 爻父丁觶

【出土】1958 年山東滕縣井亭村。

【時代】商代晚期。

【著錄】山東選 77，集成 6263，總集 6535，山東成 499.3，圖像集成 10326。

【字數】3。

【拓片】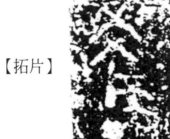

【釋文】爻父丁。

641. 𢼸觶

【出土】1963 年山東蒼山縣層山鄉東高堯村。

【時代】商代晚期。

【著錄】文物 1965 年 7 期 27 頁圖 1.8，集成 6032，總集 4504（文物 6334 重出），山東成 500.1，圖像集成 10393。

【現藏】山東省臨沂縣文物組。

【字數】3。

【器影】

【拓片】

【釋文】寧女。

642. 父戊觶

【出土】1973 年 5 月山東鄒縣城關公社小西韋村。

【時代】商代晚期。

【著錄】文物 1974 年 1 期 77 頁圖 5，綜覽.觶 37，集成 6115，總集 6357，
　　　　山東成 498.3，通鑒 10149。

【現藏】山東省鄒縣文物保管所。

【字數】2。

【器影】

【拓片】

【釋文】父戊。

643. 榮鬥父辛觶

【出土】1985 年春山東濰坊市坊子區後鄧村院上水庫南崖（M1.3）。

【時代】商代晚期。

【著錄】海岱考古第 1 輯 313 頁圖 1.3，考古 1993 年 9 期 718 頁，近出
    669，新收 1165，山東成 499.1（蓋），圖像集成 10575。

【現藏】山東省濰坊市博物館。

【字數】5（蓋器同銘）。

【器影】

【拓片】 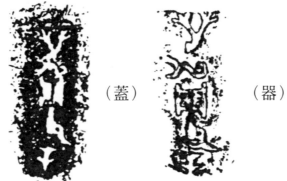　　　（蓋）　　　　　　　（器）

【釋文】焚（熒—榮）〰門。父辛。

644. 融觶

【出土】1986 年春山東青州市蘇埠屯商代墓（M8.9）。

【時代】商代晚期。

【著錄】海岱考古第 1 輯 264 頁圖 10.3，近出 644，新收 1055，山東成
    499.2，通鑒 10589。

【現藏】山東省青州市博物館。

【字數】1（蓋器同銘）。

【器影】

【拓片】

【釋文】融。

645. 叡鼎觶

【出土】傳 1981 年山東費縣出土，1981 年北京市文物工作隊從廢銅中揀
選。

【時代】商代晚期。

【著錄】文物 1982 年 9 期 40 頁圖 23，集成 6187，山東成 502.3，通鑒
10221。

【現藏】北京市文物工作隊。

【字數】2（蓋器同銘）。

【器影】

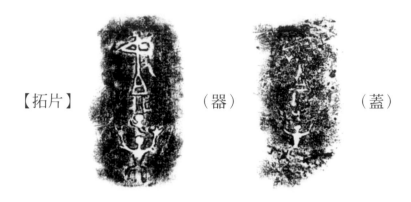

【拓片】　　　　　　（器）　　　　　　（蓋）

【釋文】叡糞。

646. 祖己觶

【出土】傳出山東（分域）。

【時代】商代晚期。

【著錄】三代 14.50.4，從古 14.26，攈古 1 之 2.60.3，愙齋 20.8.2，綴遺
　　　23.22.1，奇觚 6.20.1，殷存下 28.8，小校 5.89.2，簠齋二觶 2，
　　　集成 6370，總集 6546，鬱華 378.3，山東成 500.2，圖像集成 10493。

【字數】4。

【拓片】

【釋文】□夂且（祖）己。

647. 戈戊觶

【出土】山東。

【時代】商代晚期。

【著錄】集成 6177，總集 6368，山東成 502.2，通鑒 10211。

【現藏】故宮博物院。

【字數】2。

【器影】

【拓片】

【釋文】🐟戉。

648. 父辛魚觶

【出土】山東桓臺史家遺址。

【時代】商代晚期。

【著錄】桓臺文物22頁，臨淄文物精粹67頁NO.59，海岱35.1。

【收藏】桓臺博物館。

【字數】3。

【器影】

【拓片】

【釋文】父辛魚。

649. 父乙觶

【出土】1998 年山東省滕州市官橋鎮前掌大村商周墓地（M128：6）。

【時代】商代晚期。

【著錄】滕州 300 頁圖 214.3，近出二 618，圖像集成 10571。

【現藏】中國社會科學院考古研究所。

【字數】5。

【器影】

【拓片】

【釋文】亞□□父乙。

650. 弔龜觶

【出土】1987 年 12 月山東桓臺縣荀召遺址。

【時代】商代晚期。

【著錄】山東成 504，通鑒 10640，淄博文物精粹 68 頁 NO.60，桓臺文物
　　　　29 頁。

【字數】2。

【器影】

【拓片】

【釋文】弔（叔）龜。

651. 爻父癸觶

【出土】山東滕州市柴胡店鎮後黃莊。

【時代】商代晚期。

【著錄】考古 1996 年 5 期 30 頁圖 2.6，山東成 505.1，通鑒 10641。

【字數】3。

【器影】

【拓片】

【釋文】爻父癸。

652. 史觶

【出土】1994年山東省滕州市官橋鎮前掌大村商周墓地（M11：103）。

【時代】商代晚期。

【著錄】滕州293頁圖209，近出二596，通鑒10624。

【現藏】中國社會科學院考古研究所。

【字數】1（蓋器同銘）。

【器影】

【拓片】（蓋）（器）

【釋文】史。

653. 史觶

【出土】1994 年山東省滕州市官橋鎮前掌大村商周墓地（M11：58）。

【時代】商代晚期。

【著錄】滕州 296 頁圖 211，近出二 594，圖像集成 10059。

【現藏】中國社會科學院考古研究所。

【字數】1（蓋器同銘）。

【器影】

【拓片】 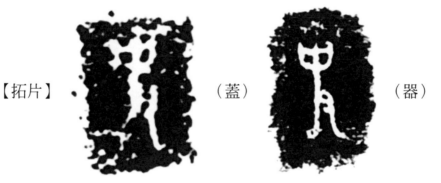 （蓋）　　　　　　　　（器）

【釋文】史。

654. 史觶

【出土】1995 年山東省滕州市官橋鎮前掌大村商周墓地（M34：11）。

【時代】商代晚期。

【著錄】滕州 300 頁圖 214.4，近出二 595，圖像集成 10060。

【現藏】中國社會科學院考古研究所。

【字數】1。

【器影】

【拓片】

【釋文】史。

655. 史乙觶

【出土】1995 年山東省滕州市官橋鎮前掌大村商周墓地（M30：11）。

【時代】商代晚期。

【著錄】滕州 300 頁圖 214.5，近出二 603，通鑒 10627。

【字數】2。

【器影】

【拓片】

【釋文】史乙。

656. 母丁觶

【出土】1995 年山東省滕州市官橋鎮前掌大村商周墓地（M38：60）。

【時代】商代晚期。

【著錄】滕州 297 頁圖 212，近出二 621，通鑒 10630，海岱 174.1。

【現藏】中國社會科學院考古研究所。

【字數】蓋 3，器 6。

【器影】

【拓片】　　　　　　（蓋）　　　　　　（器）

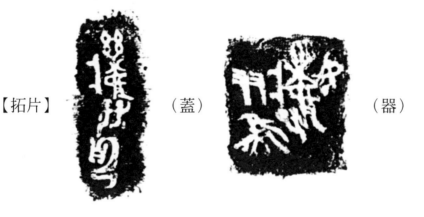

【釋文】蓋銘：⿰保⿱。器銘：⿰保友鳥母丁。

657. 亞□□觶

【出土】1994 年山東省滕州市官橋鎮前掌大村商周墓地（M21：3）。

【時代】商代晚期。

【著錄】滕州 300 頁圖 214.1，近出二 611，通鑒 10631。

【字數】3。

【器影】

【拓片】

【釋文】亞□（父）□（丁）。

658. 觶

【出土】1994 年山東省滕州市官橋鎮前掌大村商周墓地（M120.20）。

【時代】商代晚期。

【著錄】滕州 300 頁圖 214.2，近出二 597，通鑒 10628。

【字數】1。

【器影】

【拓片】

【釋文】。

659. 作執從彝觶

【出土】1931 年山東益都縣蘇埠屯西周墓葬。

【時代】西周早期。

【著錄】集成 6435，山東成 503，通鑒 10469。

【現藏】山東省博物館。

【字數】4（蓋器同銘）。

【器影】

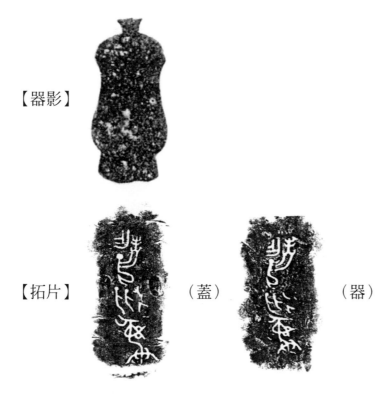

【拓片】　　　　　（蓋）　　　　　　（器）

【釋文】乍（作）執（封）從彝。

660. 夆觶

【出土】1985 年 5 月山東濟陽縣姜集鄉劉台子西周墓葬（M6:11）。

【時代】西周早期。

【著錄】文物 1996 年 12 期 11 頁圖 16.3，近出 645，新收 1158，山東成
　　　　505.2，通鑒 10562。

【現藏】山東省文物考古研究所。

【字數】1。

【器影】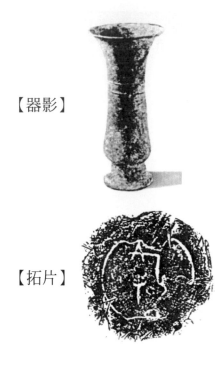

【拓片】

【釋文】夆。

661. 京觶

【出土】1979 年山東濟陽縣劉台子墓葬。

【時代】西周早期。

【著錄】集成 6090，山東成 506.1，通鑒 10124。

【現藏】山東省濟陽縣圖書館。

【字數】1。

【拓片】

【釋文】京。

662. 史龕觶

【出土】1989 年山東滕州莊里西西周墓 M7:9。

【時代】西周早期。

【著錄】中國國博刊 2012 年第 1 期 105 頁圖 34.3。

【字數】存 3。

【拓片】

【釋文】史龕乍（作）[父][癸][隋（尊）][彝]。

663. 亞異矣觶

【出土】1989 年山東滕州莊里西西周墓 M4:3。

【時代】西周早期。

【著錄】中國國博刊 2012 年第 1 期 105 頁圖 34.6。

【字數】3。

【拓片】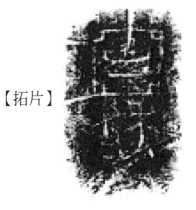

【釋文】亞異矣。

傳世觶

664. 父辛亞兪觶（亞兪父辛觶／亞觎父辛觶／父辛亞觎觶）

【時代】西周早期。

【著錄】總集 6577，山東成 501，集成 6411，三代 14.46.11，攈古 1.2.58，
憲齋 20.12.2，綴遺 23.11.1，殷存下 28.3，小校 5.84.4，圖像集成
10550。

【字數】4。

【器影】

【拓片】

【釋文】父辛亞{觎（兪）}。

665. 魚父乙觶

【時代】商或西周早期。

【著錄】集成 6243，山東成 506，錄遺 366，圖像集成 10419。

【現藏】山東省博物館。

【字數】3。

【拓片】

【釋文】魚父乙。

666. 𢀖父辛觶

【時代】西周早期。

【著錄】山東成 506，集成 6319，總集 6498，三代 14.46.10，攈古 1.3.13，
綴遺 23.15.2，續殷下 58.11，國史金 1124，圖像集成 10459。

【現藏】山東省博物館。

【字數】3。

【拓片】

【釋文】𢀖父辛。

667. 矢父癸觶

【時代】商或西周早期。

【著錄】山東成 506，集成 6333，總集 6510，三代 14.47.12，愙齋 20.5.3，
殷存下 28.6，小校 5.85.3，山東存下 15.1，續殷下 60.11，圖像集
成 10470。

【字數】3。

【拓片】

【釋文】矢父癸。

668. 齊史𤔲祖辛觶（齊史𤔲觶／𣄰史𤔲且辛觶／齊史疑觶）

【出土】洛陽（頌續）。

【時代】西周早期。

【著錄】山東成 507，集成 6491，總集 6629，善齋 5.92，小校 5.96.1，續
殷下 63.4，頌續 80，綜覽·觶 132，通考 588，山東存齊 1.1，圖
像集成 10644。

【現藏】廣州市博物館。

【字數】8。

【器影】

【拓片】

【釋文】𣄰（齊）史𤔲乍（作）且（祖）辛寶彝。

669. 异仲觶（异仲飲壺／异仲壺）

【時代】西周中期。

【著錄】山東成 609（壺），集成 6511，5733 總集，三代 12.13.6（壺蓋），貞補上 37.4，大系 67.2，小校 4.82.1（蓋），雙吉上 27（蓋），文物 1984 年 6 期 21 頁圖 1-2，銘文選 211，夏商周 342，辭典 548，近出 965，美集 965，國史金 390，圖像集成 10863。

【現藏】上海博物館。

【字數】14（蓋器同銘）。

【器影】

【拓片】

 （蓋）　　　　 （器）

【釋文】异（紀）中（仲）乍（作）匐（倗）生飲（飲）瑴（壺），勻三畜（壽）憨（懿）德萬年。

【備註】形似卣而小，自稱飲壺，可知用途與觶同，今收入觶內。

十六、卣

670. 甲父田卣（田甲父卣）

【出土】民國七年（1918 年）山東長清縣崮山驛。

【時代】商代晚期。

【著錄】三代 12.47.5-6，貞松 8.7.2，董盉 3，山東下 2.5-6，彙編 1701（器
為摹本），集成 4903，總集 5117，綜覽.卣 92，國史金 248.1（器），
山東成 447.1-2，圖像集成 12757。

【現藏】日本大阪齋藤悅藏氏處（彙編）

【字數】3（蓋器同銘）。

【器影】

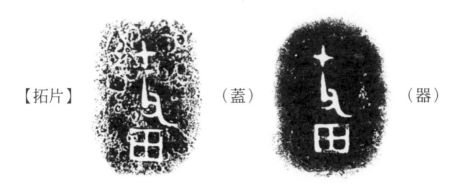

【拓片】　　　　　（蓋）　　　　　（器）

【釋文】甲父田。

671. 🐚卣（叀卣）

【出土】1954 年山東濱縣藍家村。

【時代】商代晚期。

【著錄】山東選 87 右，綜覽.卣 87，集成 4785，總集 5046，山東成 465.1-2，
　　　　圖像集成 12544。

【現藏】山東省博物館。

【字數】1（蓋器同銘）。

【器影】

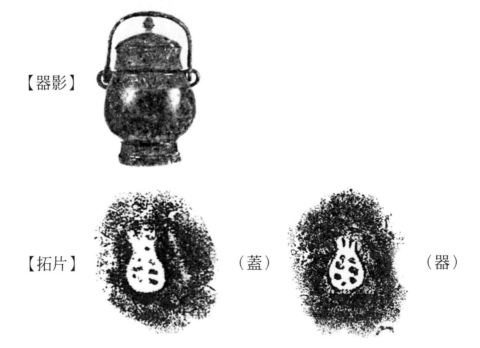

【拓片】　　　　　（蓋）　　　　　（器）

【釋文】🐚。

672. 冀祖辛卣

【出土】1957 年山東長清縣興復河北岸王玉莊與小屯村之間（附 3 號）。

【時代】商代晚期。

【著錄】文物 1964 年 4 期 47 頁圖 13、14，集成 5201，總集 5358，綜覽.
雜 9，辭典 136，美全 4.83，山東藏 38，圖像集成 13076。

【現藏】山東省博物館。

【字數】6（蓋器同銘）。

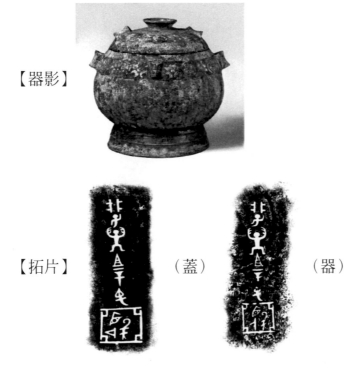

【器影】

【拓片】　　　　　　（蓋）　　　　　　（器）

【釋文】冀且（祖）辛𡕥（禹），🁢。

673. 冀禹祖辛卣

【出土】1957 年山東長清縣王玉莊和小屯村之間的興復河北岸。

【時代】商代晚期。

【著錄】圖像集成 13077。

【現藏】山東省博物館。

【字數】6。

【器影】

【拓片】

【釋文】冀且（祖）辛禹，亞⚇。

674. 冀亞🗝卣（冀亞秨卣）

【出土】1957 年山東長清縣興復河北岸王玉莊與小屯村之間（22 號）。

【時代】商代晚期。

【著錄】山東選 66，集成 5011，總集 5208，綜覽.卣 40，山東成 447.3-4，
圖像集成 12828。

【字數】蓋 2，器 3。

【器影】

【拓片】（蓋）　（器）

【釋文】蓋銘：冀🗝。器銘：冀亞🗝。

675. 父丁爻卣（爻父丁卣）

【出土】1958 年山東滕縣井亭煤礦。

【時代】商代晚期。

【著錄】山東選 75，集成 4948，總集 5209，綜覽.卣 42，山東成 445.3-4，
圖像集成 12790。

【現藏】山東省博物館。

【字數】3（蓋器同銘）。

【器影】

【拓片】（蓋）（器）

【釋文】父丁爻。

676. 卣蓋

【出土】1972 年山東濟南市天橋區劉家莊商代墓葬。

【時代】商代晚期。

【著錄】東南文化 2001 年 3 期 26 頁圖 17 左，集成 4776，山東成 465.3，
通鑒 12526。

【現藏】濟南市博物館。

【字數】1。

【器影】

【拓片】

【釋文】。

677. 並己卣

【出土】1983 年山東省壽光縣古城公社「益都侯城」遺址。

【時代】商代晚期。

【著錄】新收 1123。

【字數】2。

【器影】

【釋文】竝（並）己。

678. 榮鬥卣（少乁門父辛卣）

【出土】1985 年春山東濰坊市坊子區眉村鄉後鄧村院上水庫南崖（M1：1）。

【時代】商代晚期。

【著錄】海岱考古第 1 輯 313—314 頁，考古 1993 年 9 期 718 頁，近出 564，
　　　新收 1163，山東成 459.1（蓋），圖像集成 13027。

【現藏】濰坊市博物館。

【字數】2（蓋器同銘）。

【器影】

【拓片】

【釋文】焚（熒－熒）斗。

679. 融卣

【出土】1986 年春山東青州市蘇埠屯商代墓（M8：11）。

【時代】商代晚期。

【著錄】海岱考古第 1 輯 264 頁圖.9，近出 549，新收 1057，山東成 458.1，
　　　圖像集成 12563。

【現藏】青州市博物館。

【字數】1（蓋器同銘）。

【器影】

【拓片】

【釋文】融。

680. 戲箕卣

【出土】傳 1981 年山東費縣出土，1981 年北京市文物工作隊從廢銅中揀選。

【時代】商代晚期。

【著錄】文物 1982 年 9 期 41 頁圖 33（器，誤為甗），41 頁圖 33 左（蓋），集成 4877，山東成 453.1-2，圖像集成 12694。

【現藏】北京市文物研究所。

【字數】2（蓋器同銘）。

【器影】

【拓片】（蓋）　　（器）

【釋文】戲箕。

681. 叡龔卣（龔叡卣／龔叡方卣）

【出土】傳 1981 年山東費縣出土，1981 年北京市文物工作隊從廢銅中揀
選。

【時代】商代晚期。

【著錄】文物 1982 年 9 期 41 頁圖 30，集成 4878，山東成 453.3，圖像集
成 12695。

【現藏】北京市文物研究所。

【字數】2。

【器影】

【拓片】

【釋文】叡龔。

682. 叡龔卣

【出土】傳 1981 年山東費縣出土，1981 年北京市文物工作隊從廢銅中揀
選。

【時代】商代晚期。

【著錄】文物 1982 年 9 期 41 頁圖 29，集成 4879，山東成 453.4，通鑒 12629

【現藏】山東省博物館。

【字數】2。

【器影】

【拓片】

【釋文】赦粪。

683. 作父辛卣（卣）

【出土】山東長山（山東存）。

【時代】商代晚期。

【著錄】三代 13.26.1，筠清 2.42.2，金索 1.21，攈古 2 之 1.12.1，山東存下 15.5，集成 5285，總集 5386，山東成 452.1，圖像集成 13142。

【字數】7。

【拓片】

【釋文】作（作）父辛尊（尊）彝。

684. 索冊父癸卣（劃冊父癸卣）

【出土】1973 年 6 月山東兗州縣嵫山區李宮村商周墓葬。

【時代】商代晚期或西周早期。

【著錄】文物 1990 年 7 期 37 頁圖 3、4，近出 581，新收 1063，通鑒 13229。

【現藏】兗州縣博物館。

【字數】4（蓋器同銘）。

【器影】

【拓片】

【釋文】（劃）冊。父癸。

685. 史卣

【出土】1995 年山東省滕州市官橋鎮前掌大村商周墓地（M38：66）。

【時代】商代晚期。

【著錄】滕州 280 頁圖 200，圖像集成 12571。

【字數】1（蓋器同銘）。

【器影】

【拓片】

【釋文】史。

686. 史卣

【出土】1995 年山東省滕州市官橋鎮前掌大村商周墓地（M38：61）。

【時代】商代晚期。

【著錄】滕州 282 頁圖 201.1，通鑒 13303。

【現藏】中國社會科學院考古研究所。

【字數】1。

【器影】

【拓片】

【釋文】史。

687. 父乙卣

【出土】1994 年山東省滕州市官橋鎮前掌大村商周墓地（M21：40）。

【時代】商代晚期。

【著錄】滕州 282 頁圖 201.2，圖像集成 12665。

【字數】2。

【器影】

【拓片】

【釋文】父乙。

688. 冀父丁卣

【出土】1998 年山東省滕州市官橋鎮前掌大村商周墓地（M119：37）。

【時代】西周早期。

【著錄】滕州 292 頁圖 208，圖像集成 12849，近出二 510。

【現藏】中國社會科學院考古研究所。

【字數】3（蓋器同銘）。

【備註】器銘未發表。

【器影】

【拓片】  （蓋）

【釋文】糞父丁。

689. 史卣

【出土】1994 年山東省滕州市官橋鎮前掌大村商周墓地（M11：112）。

【時代】西周早期。

【著錄】滕州 289 頁圖 206，圖像集成 12632。

【現藏】中國社會科學院考古研究所。

【字數】1（蓋、器同銘）。

【器影】

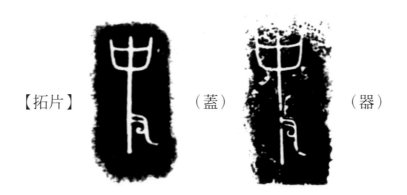

【拓片】　　　　（蓋）　　　　（器）

【釋文】史。

690. 史卣

【出土】1994 年山東省滕州市官橋鎮前掌大村商周墓地（M11：111）。

【時代】西周早期。

【著錄】滕州 287 頁圖 204，圖像集成 12631。

【現藏】中國社會科學院考古研究所。

【字數】1（蓋器同銘）。

【器影】

【拓片】　　　　（蓋）　　　　（器）

【釋文】史。

691. 史鬲卣

【出土】1989 年山東滕州市莊里西西周墓（M7：4）。

【時代】西周早期。

【著錄】國博館刊 2012 年 1 期 103 頁圖 34.1、2，圖像集成 13199。

【現藏】滕州市博物館。

【字數】8（蓋器同銘）。

【器影】

【拓片】
（蓋）　　　（器）

【釋文】史鬲乍（作）父癸寶（寶）隣（尊）彝。

692. 㠭對卣（疑對卣／亞𣫍㠭卣）

【出土】1989 年山東滕州市莊里西西周墓（M7：3）。

【時代】西周早期。

【著錄】國博館刊 2012 年 1 期 103 頁圖 33.2、3，圖像集成 13227。

【現藏】滕州市博物館。

【字數】9（蓋器同銘）。

【器影】

【拓片】　　　　　（蓋）　　　　　（器）

【釋文】亞嵒夨（疑）對乍（作）父癸隩（尊）彝。

693. 豐卣

【出土】2008-2009 山東省高青縣花溝鎮陳莊村西周遺址。

【時代】西周早期。

【著錄】考古 2010 年 8 期 33 頁圖 8：1，圖像集成 13253。

【現藏】山東省文物考古研究所。

【字數】9。

【器影】

【拓片】

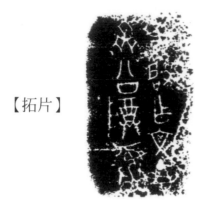

【釋文】豐啓（肇）乍（作）文且（祖）齊公隣（尊）彝。

694. 寧月卣（寧■卣／作父癸彝卣）

【出土】山東章丘市明水鎮東澗溪村西周墓葬（ZJ.01）。

【時代】西周早期。

【著錄】文物 1989 年 6 期 68 頁圖 5，近出 593，考古與文物 2004 年增刊 11 頁圖 3（蓋），新收 1092，圖像集成 13118。

【現藏】章丘市博物館。

【字數】6（蓋器同銘）。

【器影】

【拓片】　（蓋）　　　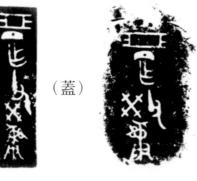（器）

【釋文】￢■，乍（作）父癸彝。

695. 小夫卣

【出土】1980 年 9 月山東黃縣（今龍口市）石良鎮莊頭村西周墓。

【時代】西周早期。

【著錄】文物 1986 年 8 期 72 頁圖 15、16，故宮文物 1997 年總 175 期 89
頁圖 27，古研 19 輯（1992 年）78 頁圖 2.3，近出 598，新收 1099，
圖像集成 13206。

【現藏】龍口市博物館。

【字數】8（蓋器同銘）。

【器影】

【拓片】（蓋）（器）

【釋文】小夫乍（作）父丁寶旅彝。

696. 伯□作文考父辛卣

【出土】1980 年山東滕縣（今滕州市）莊里西村。

【時代】西周早期。

【著錄】集成 5393，山東成 473，圖像集成 13288。

【字數】蓋 3，器 16。

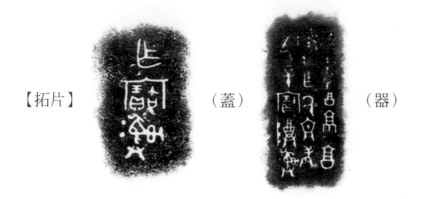

【拓片】　　　　　　　　（蓋）　　　　　　　　（器）

【釋文】蓋銘：乍（作）寶彝。

　　　　器銘：白（伯）□𠓱（𣆕）京𠂤（享）□□，乍（作）乐（厥）
　　　　文考父辛寶𨾴（尊）彝。

697. 束作父辛卣（束卣）

【出土】光緒二十二年黃縣萊陰出土（山東存）。

【時代】西周早期。

【著錄】三代 13.30.4-5，貞補中 10.2，山東存下 12.1-2，集成 5333，總集
　　　　5424，國史金 312（器），山東成 472，圖像集成 13236。

【字數】9（蓋器同銘）。

【拓片】　　　　　　　　（蓋）　　　　　　　　（器）

【釋文】公賞（賞）束，用乍（作）父辛于彝。

698. ⌀父辛卣蓋

【出土】1969 年山東黃縣（今龍口市）歸城小劉莊（今已併入曹家）。

【時代】西周早期。

【著錄】文物 1972 年 5 期 6 頁圖 10，集成 4974，總集 5164，山東成 471，
　　　　圖像集成 12857。

【現藏】山東省博物館。

【字數】3。

【拓片】

【釋文】🉂父辛。

699. 矢伯戋作父癸卣（矢伯戋卣／父癸彝／矢伯卣／矢伯雞父卣／伯戋卣）

【出土】清乾隆五十六年夏山東臨朐縣柳山寨（山東存）。

【時代】西周早期。

【著錄】三代 13.26.5-6，攗古 2 之 1.9.1，愙齋 18.14.2（器），愙齋 18.15.1
　　　　（蓋），綴遺 11.24.2-3，奇觚 6.10.1-2，殷存上 39.5-6，簠齋二卣
　　　　5，山東存下 14.5-6，小校 4.48.3，彙編 624，綜覽.卣 83，集成
　　　　5291，總集 5389，銘文選 378，鬱華 206.4（器），鬱華 207.1（蓋），
　　　　山東成 474，圖像集成 13158。

【現藏】美國聖路易市美術博物館。

【字數】7（蓋器同銘）。

【器影】

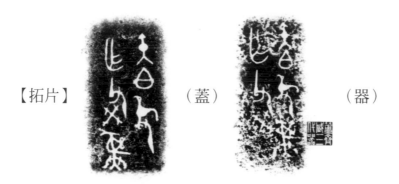

【拓片】　　　　　（蓋）　　　　　　　（器）

【釋文】矢白（伯）隻乍（作）父癸彝。

700. ♀🐾卣蓋

【出土】山東泰安泰山腳下（山東存）。

【時代】西周早期。

【著錄】三代 13.13.8，愙齋 19.6.1，綴遺 11.13.1，陶齋 2.43，續殷上 80.7，
　　　　小校 4.37.2，山東存下 3.2，集成 5192，總集 5310，鬱華 228.3，
　　　　山東成 466，通鑒 12942。

【現藏】中國國家博物館。

【字數】5

【器影】

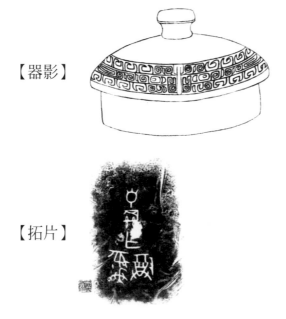

【拓片】

【釋文】♀🐾乍（作）鷷（尊）彝。

701. 作寶尊彝卣

【出土】1965 年山東黃縣（今龍口市）歸城姜家西周墓（M2：165）。

【時代】西周中期。

【著錄】故宮文物 1997 年總 175 期 86 頁圖 14，古研 19 輯 79 頁圖 3.5，
圖像集成 12983，近出二 525。

【現藏】山東省博物館。

【字數】4（蓋器同銘）。

【器影】

【拓片】

【釋文】乍（作）寶隣（尊）彝。

702. 作寶尊彝卣

【出土】1965 年山東黃縣（今龍口市）歸城姜家西周墓（M1：6）。

【時代】西周中期。

【著錄】考古 1991 年 10 期 916 頁圖 12.2、3，近出 588，新收 1103，山東
成 475，圖像集成 12984。

【現藏】龍口市博物館。

【字數】4（蓋器同銘）。

【器影】

【拓片】　　　　　（蓋）　　　　　　（器）
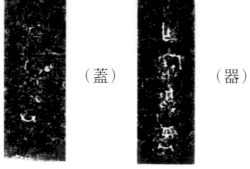

【釋文】乍（作）寶隣（尊）彝。

703. 啟卣

【出土】1969 年山東黃縣（今龍口市）歸城小劉家（今已併入曹家村）。

【時代】西周早期。

【著錄】青全 6.90，文物 1972 年 5 期 6 頁圖 8-9，三代補 902，綜覽.卣
215，集成 5410，總集 5489，辭典 506，山東藏 49，山東萃 118，
銘文選 283，古研 19 輯 77 頁圖 1.1，山東成 469，圖像集成 13321。

【現藏】山東省博物館。

【字數】39（蓋器同銘）。

【器影】

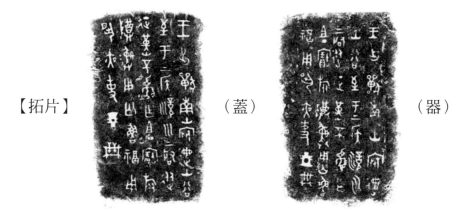

【拓片】 （蓋） （器）

【釋文】 王出獸（狩）南山，饎█山谷至于上厌（侯）嶺（順）川上，
啓（啓）從征，堇（謹）不燙（擾），乍（作）且（祖）丁寶
旅隩（尊）彝，用勹魯福。用殈（凤）夜事，█（戚）蒥（籐）。

704. 穎卣

【出土】清同治年間山東肥城舊址。

【時代】西周。

【著錄】客齋 18.21.3，分域 8.24，山東成 476，海岱 89.2。

【現藏】龍口市博物館。

【字數】1。

【拓片】

【釋文】█。

傳世卣

705. 宰甫卣

【時代】商。

【著錄】集成 5395，總集 2599，三代 8.19.1-2（誤爲敦），山東成 444，
愙齋 11.26（蓋，誤爲敦），周金 2 補（誤爲敦），續殷上 48.5-49.1
（器，誤爲敦），小校 8.18.1（誤爲敦），文物 1986 年 4 期圖版
2.4，韡華丙 42，圖像集成 13303。

【現藏】山東省菏澤市文物展覽館。

【字數】23（蓋器同銘）。

【器影】

【拓片】　　　　（蓋）　　　　（器）

【釋文】王來獸（獸）自豆彔，才（在）禓師，王卿（饗）酉（酒）。王
姿（光）宰宙貝萠（五朋），用乍（作）窑（寶）鼎（彝）。

706. 亞兪父乙卣

【時代】商。

【著錄】集成 5054.1-2，總集 5219，三代 12.49.3-4，續殷上 73.3-4，小校

4.18.1-2〈3 重〉，山東文存下 4.3-4，山東成 445。

【字數】4（蓋器同銘）。

【拓片】 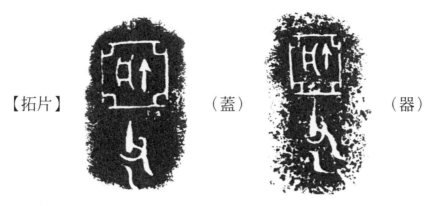 （蓋） （器）

【釋文】亞{舲（俞）}父乙。

707. 冀作父乙卣

【時代】商。

【著錄】集成 5148.1-2，總集 5292，三代 13.10.3-4，愙齋 18.16.1-2，綴遺 11.10.3-4，奇觚 6.9.1-2，殷存上 37.5-6，簠齋二卣 6，小校 4.35.1-2，彙編 7.782，綜覽・卣 136，山東成 449。

【現藏】日本京都小川睦之輔氏處。

【字數】5。

【拓片】 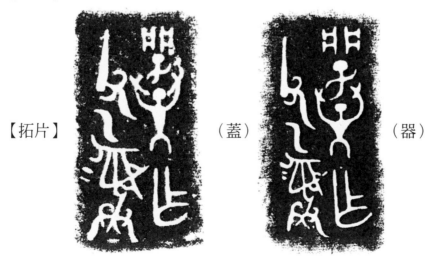 （蓋） （器）

【釋文】冀乍（作）父乙彝。

708. 冀父丁卣

【時代】商。

【著錄】集成 4938，總集 5139，三代 12.50.7-8，攗古 1.3.27.3-4，愙齋
18.16.3-4，綴遺 11.08.1-2，奇觚 6.6.4-7.1，殷存上 36.4-5，續殷
上 73.8（器），簠齋二卣 8，小校 4.19.4-5，鬱華 233.4（蓋），
山東成 450，圖像集成 12784。

【現藏】上海博物館。

【字數】3（蓋器同銘）。

【拓片】 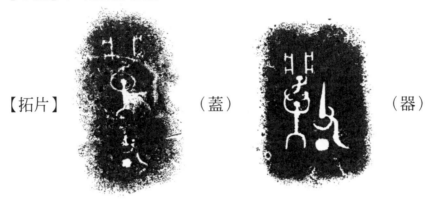 （蓋）　　　　　　（器）

【釋文】冀父丁。

709. 冊父乙卣

【時代】商。

【著錄】集成 4913.1-2，總集 5121，集成 451，三代 12.48.3-4，積古 5.5.1
〈蓋〉，金索首 6，攗古 1.2.34.2〈蓋〉，愙齋 13.22.3-4（誤爲
尊），綴遺 6.14.2（誤爲敦），續殷上 72.9-10，小校 4.17.1-2
〈5.7.7 重，誤爲尊〉，彙編 1442（蓋），彙編 1443（器），圖
像集成 12770。

【現藏】曲阜縣文物管理委員會。

【字數】3（蓋器同銘）。

【器影】

【拓片】　　　（蓋）　　　　　（器）

【釋文】冊父乙。

710. 孝卣（㣇卣）

【時代】商。

【著錄】集成 5377，總集 5443，山東成 452（463 重出），三代 13.34.5，
　　　　貞松 8.28.1，山東存紀 6.3，圖像集成 13283。

【現藏】北京故宮博物院。

【字數】15。

【拓片】

【釋文】□㣇易（賜）孝□，用乍（作）且（祖）丁□父，亞{冪庆（侯）}
　　　　吴。

711. 亞醜卣（亞丑卣）

【時代】商。

【著錄】總集 5052，山東成 454，三代 12.40.3，殷文存上 28 前，綴遺 10.12，圖像集成 12659。

【字數】2。

【拓片】

【釋文】亞醜。

712. 亞醜卣（亞丑卣）

【時代】商。

【著錄】山東成 454，集成 4806，總集 5053，三代 12.40.4，攈古 1.2.70.4，綴遺 10.12.1，小校 4.6.6，圖像集成 12657。

【字數】2。

【拓片】

【釋文】亞{醜}。

713. 亞醜卣

【時代】商。

【著錄】山東成 455，總集 5055，彙編 1006，圖像集成 12660。

【字數】2（蓋器同銘）。

【拓片】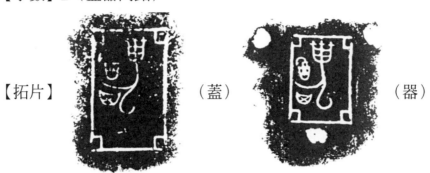（蓋）　　　　　（器）

【釋文】亞醜。

714. 亞醜卣（亞丑卣）

【時代】商。

【著錄】集成 4808.1-2，總集 5054，山東成 456，三代 12.40.6，攈古
1.2.71.1-2，綴遺 10.13.2-3，殷存上 28.7，善齋 4.5〈蓋〉，續殷
上 66.7.10，小校 4.7.3〈蓋〉，鬱華 135.2，圖像集成 12654。

【字數】2（蓋器同銘）。

【器影】

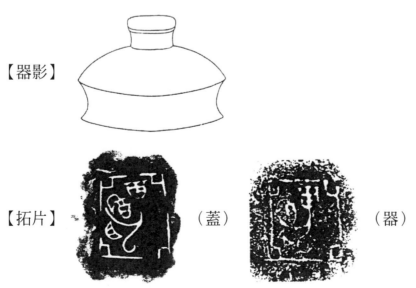

【拓片】　　　　　（蓋）　　　　　（器）

【釋文】亞{醜}。

715. 亞醜卣

【時代】商。

【著錄】集成 4807，山東成 457，總集 5056，三代 12.40.5，攈古 1.2.70.3，
綴遺 10.12.2，殷文存上 28.6，小校 4.6.7，續殷上 66.9，圖像集成
12658。

【現藏】上海博物館。

【字數】2。

【拓片】

【釋文】亞{醜}。

716. 亞醜卣

【時代】商。

【著錄】山東成 603（歸爲壺），集成 4810，總集 5613，三代 12.01.7，西
乙 8.39，寶蘊 84，貞松 7.23.1，通考 643，故圖下下 275。

【現藏】臺北故宮博物院。

【字數】2。

【拓片】

【釋文】亞{醜}。

【備註】諸書歸入壺類。

717. 亞醜父辛卣（亞丑父辛卣）

【時代】商。

【著錄】集成 5085.1-2，山東成 457，總集 5220（器），三代 12.55.6（器），
　　　　西清 16.30，綴遺 10.14.1（器），貞松 08.10.3（器），小校 4.23.2
　　　　（器），鬱華 217.1（器），圖像集成 12928。

【字數】4（蓋器同銘）。

【器影】

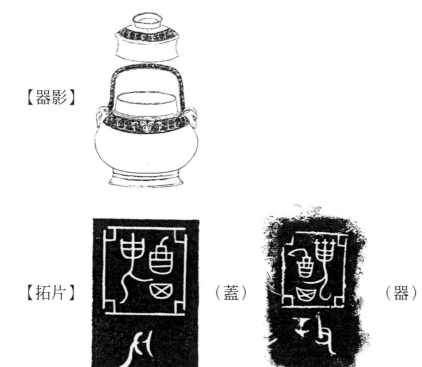

【拓片】　　　　　　　　（蓋）　　　　　　　　（器）

【釋文】亞{醜}父辛。

718. 杞婦卣（亞醜杞婦卣）

【時代】商。

【著錄】集成 5097.1-2，總集 5222，山東成 457，三代 12.60.2-3，貞松
　　　　8.14.3-4，續殷上 76.3-4，故宮 30，通考 624，故圖下上 131，圖
　　　　像集成 12944。

【現藏】臺北故宮博物院。

【字數】4（蓋器同銘）。

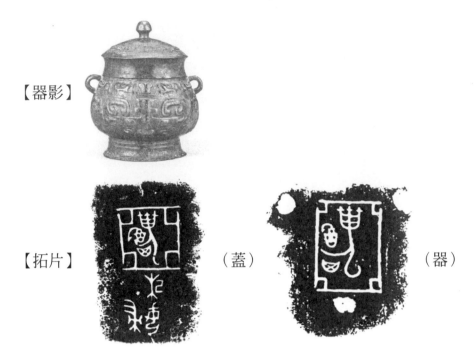

【器影】

【拓片】　　　　　　　（蓋）　　　　　　（器）

【釋文】亞{醜}杞敔（婦）。

719. 夢作母癸卣（夢卣）

【時代】商代晚期。

【著錄】集成 5295.1-2，總集 5398，錄遺 262.1-2，山東成 458，圖像集成 13147。

【現藏】中國國家博物館。

【字數】7（蓋器同銘）。

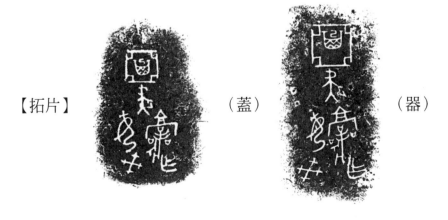

【拓片】　　　　　　　（蓋）　　　　　　（器）

【釋文】亞{㠯}吳夢乍（作）母癸。

720. 亞其吳作母辛卣（亞其吳卣）

【時代】商。

【著錄】集成 5293.1-2，總集 5367，山東成 464，三代 13.16.3-4，續殷上 82.2-3，圖像集成 13152。

【字數】7（蓋器同銘）。

【拓片】 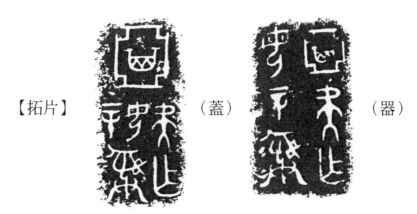 （蓋） （器）

【釋文】亞{甘（其）}吳乍（作）母辛彝。

721. 俞伯卣（餘伯卣）

【時代】西周早期。

【著錄】集成 5222.1-2，總集 5324，山東成 465，三代 13.16.5-6，山東存下 4.8-9，冠斝上 56，錄遺 263.1〈263.2 重出，蓋〉，綜覽・卣 200，圖像集成 13093。

【字數】6（蓋器同銘）。

【器影】

【拓片】 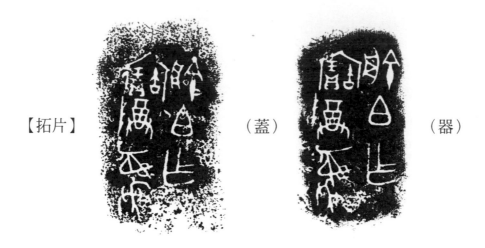 （蓋） （器）

【釋文】鯵（俞）白（伯）乍（作）寶隣（尊）彝。

722. 貉子卣（周貉子卣）

【時代】西周早期。

【著錄】集成 5409.1，總集 5485，總集 5486，山東成 467、468，三代
389a，西清 15.09，古文審 4.18〈蓋〉，奇觚 6.14.2〈蓋〉，綴
遺 12.11.2-12.1，周金 5.86.1〈蓋〉88.1〈器〉，殷文存上 42.1
〈蓋〉，希古 5.13.3〈蓋〉，小校 4.63.1〈蓋〉3〈器〉，大系
234.2-4，山東存紀 2.1〈器〉，通考 25，通考 670，美集 R389a，
斷代 82，彙編 4.186，三代 13.40.5-41.1，綜覽・卣 147，韡華庚
上 2，銘文選 347。

【現藏】美國米里阿波里斯美術館（皮斯柏氏藏品）（蓋），上海博物館
（器）。

【字數】36（蓋器同銘）。

【器影】

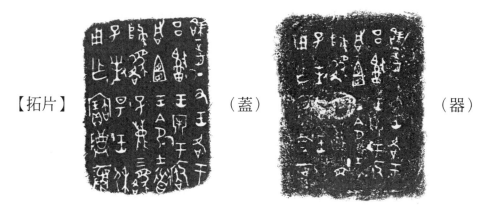

【拓片】　　　　（蓋）　　　　　　　　　（器）

【釋文】唯正月丁丑，王各（格）于呂嶽，王牢于厎，咸宜，王令士衛（道）
　　　　歸（饋）谻（貉）子鹿三，谻（貉）子𢾔（對）旲（揚）王休，
　　　　用乍（作）寶隩（尊）彝。

723. 丁師卣（叡 🖹 卣）

【時代】西周早期。

【著錄】集成 5373.1-2（摹本），總集 5455，積古 1.34.4-35.1，攟古
　　　　2.2.5.2，山東成 477，圖像集成 13275。

【字數】13（蓋器同銘）。

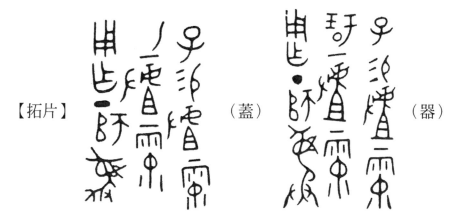

【拓片】　　　　（蓋）　　　　　　　　　（器）

【釋文】子易（賜）墟（叡）🖹玗一，墟（叡）🖹用乍（作）丁師彝。

十七、觥

724. 豐觥

【時代】西周中期。

【出土】2009 年 12 月山東省高青縣陳莊西周墓葬 M18。

【著錄】考古 2011 年 2 期頁 16 圖一六，海岱 37.3。

【字數】11。

【釋文】豐啓（肇）乍（作）氒（厥）且（祖）甲齊公寶隣（尊）彝。

傳世觥

725. 文父丁觥（冀文父丁觥）

【時代】商。

【著錄】集成 9284.1-2（集成 5733、集成 5734 重出，誤爲尊），總集 4911，三代 11.14.5-6（誤爲尊），從古 11.9.1-2（誤爲卣），攈古 1.3.62（誤爲匜），憲齋 13.21.3-4（誤爲尊），綴遺 14.02.1-2（誤爲匜），續殷上 56.7-6（誤爲尊），小校 5.14.1-2（誤爲尊），日本精華 3.263，彙編 1150，國史金 138（蓋，誤爲尊），山東成 478，圖像集成 13643。

【現藏】美國華盛頓薩克勒美術館。

【字數】4（蓋器同銘）。

【器影】

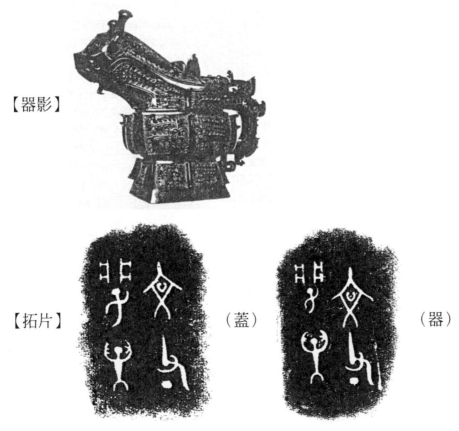

【拓片】　　　　　　　　　　（蓋）　　　　　　　　　　（器）

【釋文】文父丁。冀。

726. 〇父乙觥

【時代】商代晚期。

【著錄】集成 9268.1，總集 4905，上海 15，三代補 865，彙編 1111，綜
覽・匜 38，辭典 165，青全 4.84-86，山東成 479，圖像集成 13627。

【現藏】上海博物館。

【字數】3（蓋器同銘）。

【器影】

【拓片】（蓋）（器）

【釋文】〇父乙。

727. 〇父乙觥

【時代】商。

【著錄】集成 9269.1-2，西甲 14.33，山東成 480，圖像集成 13628。

【字數】3（蓋器同銘）。

【器影】

【拓片】

（蓋）

（器）

【釋文】冀父乙。

728. 冀父乙觥（父乙冀觥）

【時代】商。

【著錄】集成 9270，總集 6796（誤爲匜），山東成 481，三代 17.23.3（誤爲匜），貞松 10.31（誤爲匜），殷存下 34.7，續殷下 76.1（誤爲匜），圖像集成 13629。

【字數】3。

【拓片】
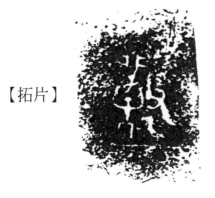

【釋文】冀父乙。

729. 仲子觥

【時代】商代晚期或西周早期。

【著錄】集成 9298.1-2，總集 4925，山東成 482，三代 18.21.3-4，續殷下
69.5-6，日本精華 3.264，彙編 443，綜覽・匜 36，青全 5.100，
國史金 1170（蓋），圖像集成 13659。

【現藏】美國三藩市亞洲藝術博物館。

【字數】12（蓋器同銘）。

【器影】

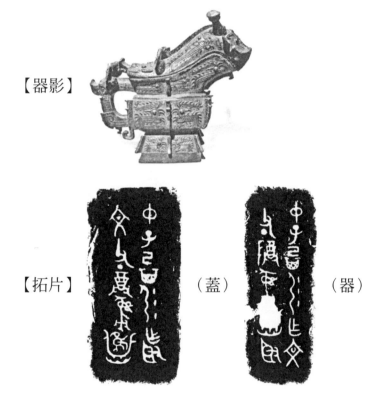

【拓片】　　　　　　　　（蓋）　　　　　　　　（器）

【釋文】中（仲）子㝵婁乍（作）文父丁䵼（尊）彝。取𣱵。

十八、壺

730. 作𡚼從彝壺

【出土】1931 年山東益都縣（今青州市）蘇埠屯西周墓葬。

【時代】西周早期。

【著錄】山東成 604，通鑒 12334。

【現藏】山東省博物館。

【字數】4。

【拓片】

【釋文】乍（作）𡚼（封）從彝。

731. 史壺

【出土】1994 年山東省滕州市官橋鎮前掌大村商周墓地（M11：96）。

【時代】西周早期早段。

【著錄】滕州 276 頁圖 197.4，圖像集成 11976，海岱 163.26，近出二 494（稱卣）。

【收藏】中國社會科學院考古研究所。

【字數】1（蓋器同銘）。

【器影】

【拓片】 　　（蓋）　　　　　　（器）

【釋文】史。

732. 史父乙壺

【出土】1998 年山東省滕州市官橋鎮前掌大村商周墓地（M18：45）

【時代】西周早期。

【著錄】滕州 276 頁圖 197.2，近出二 512（歸爲卣），海岱 163.37，圖像集成 12056。

【收藏】中國社會科學院考古研究所。

【字數】3（蓋器同銘）。

【器影】

【拓片】　（蓋）　　（器）

【釋文】史父乙。

733. 史子壺

【出土】1998 年山東省滕州市官橋鎮前掌大村商周墓地（M120：23）。

【時代】西周早期晚段。

【著錄】滕州 276 頁圖 197.1，近出二 522（稱卣），通鑒 12318，海岱 163.71。

【字數】4。

【器影】

【拓片】

【釋文】史子日癸。

734. 能奚方壺（能溪壺）

【出土】1980 年 9 月山東黃縣（今龍口市）石良鎮莊頭村 1 號西周墓。

【時代】西周早期。

【著錄】文物 1986 年 8 期 70 頁圖 4，故宮文物 1997 年總 175 期 90 頁圖 29，古研 19 輯 78 頁圖 2.5，近出 954，新收 1100，通鑒 12252。

【字數】5。

【器影】

【拓片】

【釋文】能奚乍（作）寶壺。

735. 紀侯壺（己侯壺）

【出土】1974 年冬山東萊陽縣中荊公社前河前村西周墓。

【時代】春秋早期。

【著錄】文物 1983 年 12 期 8 頁圖 3，故宮文物 1993 年總 129 期 10 頁圖 6，集成 9632，銘文選 348，辭典 474，山東萃 114，古研 19 輯 81 頁圖 5.3，山東成 614，通鑒 12126。

【現藏】山東省煙台市博物館。

【字數】13。

【器影】

【拓片】

【釋文】己（紀）厌（侯）乍（作）鬵（鑄）壺，事（使）小臣吕（以）
汲，永寶用。

736. 侯母壺

【出土】1977 年山東曲阜縣魯國故城望父台春秋墓葬（M48：16）。

【時代】春秋早期。

【著錄】集成 9657，山東成 611，通鑒 12151。

【現藏】山東省曲阜市文物管理委員會。

【字數】15（蓋器同銘）。

【器影】

【拓片】　　　　（蓋）　　　　（器）

【釋文】矦（侯）母乍（作）矦（侯）父戎壺，用征行，用求福無酄（彊一疆）。

737. 杞伯每亡壺蓋

【出土】清道光、光緒年間山東新泰縣。

【時代】春秋早期。

【著錄】三代 12.19.1-2，筠清 3.3-4.1，從古 8.12.1-2，綴遺 25.6.2-7.1，攈古 2 之 3.7.1，敬吾下 31.2，周金 5.45.3，大系 234 下，小校 4.87.2，山東存杞 6.1-2，集成 9687，總集 5764，山東成 612，通鑑 12181。

【字數】21（重文 2）。

【拓片】

【釋文】杞（杞）白（伯）每亡乍（作）鼀（邾）嬺（曹）寶壺，邁（萬）年眉（臂一眉）耆（壽），子子孫孫永寶用宮（享）。

738. 杞伯每亡壺

【出土】清道光、光緒年間山東新泰縣。

【時代】春秋早期。

【著錄】三代 12.19.3，愙齋 14.12，周金 5.46.1，善齋 4.52，小校 4.87.1，大系 234 上，山東存杞 6.2，青全 9.83，集成 9688，總集 5765，銘文選 803，夏商周 461，鬱華 280.2，山東成 613，通鑒 12182。

【現藏】上海博物館。

【字數】21（重文 2）。

【器影】

【拓片】

【釋文】杞（杞）白（伯）母（每）亡乍（作）黿（邾）孁（曹）宲（寶）壺，其萬年匐（釁－眉）考（老），子子孫孫永寶用亯（享）。

739. 陳侯壺

【出土】1963 年山東肥城縣東孫樓公社小王莊。

【時代】春秋早期。

【著錄】文物 1972 年 5 期 10 頁圖 18（蓋銘未錄），集成 9633，總集 5729 下（器），銘文選 578，山東成 616，通鑒 12127。

【現藏】山東省博物館。

【字數】13（蓋器同銘）。

【器影】

【拓片】  （蓋）  （器）

【釋文】敶（陳）厌（侯）乍（作）嬀畬（櫅）朕（媵）壺，甘（其）萬
年永𩫏（寶）用。

740. 陳侯壺

【出土】1963 年山東肥城縣東孫樓公社小王莊。

【時代】春秋早期。

【著錄】文物 1972 年 5 期 10 頁圖 19（器銘未錄），集成 9634，辭典 691，
總集 5729 上（蓋），綜覽.壺 99，山東成 615，通鑒 12128。

【現藏】山東省博物館。

【字數】13（蓋器同銘）。

【器影】

【拓片】　　　　　（蓋）　　　　　　（器）

【釋文】敶（陳）厌（侯）乍（作）嬀㫞（櫓）朕（媵）壺，甘（其）萬
　　　　年永寶（寶）用。

741. ⚳壺

【出土】1995 年山東長清縣仙人台西周墓地（M6：B31）。

【時代】春秋早期。

【著錄】新收 1044，山東成 626，通鑒 12244。

【現藏】山東大學歷史系。

【字數】1（蓋器同銘）。

【器影】

【拓片】（蓋）　　　　　（器）

【釋文】⚳。

742. 薛侯行壺

【出土】1995 年山東滕州薛國故城春秋墓（M3：9）。

【時代】春秋早期。

【著錄】考古學報 1991 年 4 期 449 頁，近出 951，新收 1131，山東成 618，
通鑒 12245。

【現藏】山東省濟寧市文物管理局。

【字數】4。

【器影】

【照片】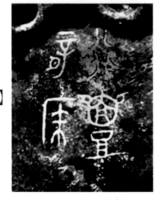

【摹本】

【釋文】肵（薛）厌（侯）行壺。

743. 郳君慶壺（黿君慶壺）

【出土】2002 年 6 月山東棗莊市山亭區東江古墓群 2 號墓 M2:1。

【時代】春秋早期。

【著錄】遺珍 38 頁，圖像集成 12333。

【現藏】棗莊市博物館。

【字數】16（蓋器同銘）。

【器影】

【拓片】（蓋）

（器）

【備註】同出 2 件，形制、紋飾、銘文、大小相同。

【釋文】黿（郳）君慶乍（作）秦妊醴壺，甘（其）萬年賁（釁—眉）耆
（壽）永寶用。

744. 郳君慶壺（黿君慶壺）

【出土】2002 年 6 月山東棗莊市山亭區東江古墓群。

【時代】春秋早期。

【著錄】遺珍 85 頁，圖像集成 12334。

【現藏】北京中貿聖佳國際拍賣有限公司。

【字數】16（蓋器同銘）。

【器影】

【備註】同出 4 件，形制、紋飾、銘文、大小相同。出土後被盜賣到澳門，
　　　　北京中貿聖佳國際拍賣有限公司購回收藏。

【釋文】黿（郳）君慶乍（作）秦妊醴壺，甘（其）萬年貫（釁－眉）耆
　　　　（壽）永寶用。

745. 郳君慶壺（黿君慶壺）

【出土】2002 年 6 月山東棗莊市山亭區東江古墓群。

【時代】春秋早期。

【著錄】遺珍 87 頁，圖像集成 12335。

【現藏】北京中貿聖佳國際拍賣有限公司。

【字數】16（蓋器同銘）。

【器影】

【釋文】黿（郳）君慶乍（作）秦妊醴壺，甘（其）萬年眉（釁－眉）耆
（壽）永寶用。

746. 郳君慶壺（黿君慶壺）

【出土】2002 年 6 月山東棗莊市山亭區東江古墓群。

【時代】春秋早期。

【著錄】遺珍 89 頁，圖像集成 12336。

【現藏】北京中貿聖佳國際拍賣有限公司。

【字數】16（蓋器同銘）。

【器影】

【釋文】黿（郳）君慶乍（作）秦妊醴壺，甘（其）萬年眉（釁－眉）耆
（壽）永寶用。

747. 郳君慶壺（黿君慶壺）

【出土】2002 年 6 月山東棗莊市山亭區東江古墓群。

【時代】春秋早期。

【著錄】遺珍 91 頁，圖像集成 12337。

【現藏】北京中貿聖佳國際拍賣有限公司。

【字數】16（蓋器同銘）。

【器影】

【釋文】黿（郳）君慶乍（作）秦妊醴壺，甘（其）萬年眉（麋一眉）耆
（壽）永寶用。

748. 昆君婦媿需壺

【出土】2002 年 6 月山東棗莊市山亭區東江古墓群 3 號墓 M3:1。

【時代】春秋早期。

【著錄】遺珍 65 頁，通鑒 12349。

【現藏】棗莊市博物館。

【字數】17 字（重文 2）。

【器影】

【拓片】

【備註】年與邁（萬）置範位置錯位。

【釋文】園（昆）君婦媿霝乍（作）簶（旅）壺，甘（其）年邁（萬）子
子孫孫永用。

749. 公鑄壺

【出土】1977 年冬山東沂水縣院東頭公社劉家店子村 1 號西周墓葬（M1：
33）。

【時代】春秋時期。

【著錄】文物 1984 年 9 期 5 頁圖 7 左，集成 9513，綜覽.壺 17，山東成
621，通鑒 12007。

【現藏】山東省文物考古研究所。

【字數】3。

【器影】

【拓片】

【釋文】公靈（鑄）壺。

750. 公子土斧壺（公孫窟壺／公子土折壺）

【出土】1963 年山東臨朐縣楊善村。

【時代】春秋晚期。

【著錄】文物 1972 年 5 期圖版 5.2，集成 9709，總集 5780，銘文選 851，
山東成 619，通鑒 12203。

【現藏】山東省博物館。

【字數】39（重文 2）。

【器影】

【拓片】

【摹本】

【釋文】公孫窟（竈）立事歲，飯█月，公子土斧乍（作）子中（仲）姜
槎之般（盤）壺，用旂（祈）贊（釁－眉）耆（壽）萬年，羕（永）
保其身，子子孫孫羕（永）保用之。

751. 莒大叔壺（孝子平壺／鄑大叔壺）

【出土】1988 年山東莒縣中樓鄉于家溝村。

【時代】春秋晚期。

【著錄】新收 1088，山東成 634，近出二 876，青全 9.76，通鑒 12243。

【現藏】山東省莒縣博物館。

【字數】28（重文 2）。

【器影】

【拓片】

【釋文】鄑（莒）大弔（叔）之孝子平乍（作）其盥□壺，用征台（以）
□，□□□□，子子孫孫永保用之。

傳世壺

752. 羹兄辛壺

【時代】商。

【著錄】山東成 605，集成 9507，圖像集成 12053。

【現藏】上海博物館。

【字數】3（蓋器同銘）。

【拓片】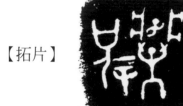（蓋）　　　（器）

【釋文】冀兄辛。

753. 戲作父辛壺（戲壺）

【時代】西周早期。

【著錄】山東成 606，集成 9577，總集 5696，三代 12.9.3，恒軒上 48，愙
　　　齋 13.16.1（誤為尊），綴遺 18.1.2，殷存上 25.2，國史金 358，
　　　小校 5.25.6（誤為尊），圖像集成 12198。

【現藏】上海博物館。

【字數】7。

【器影】

【拓片】

【釋文】嘑（戲）乍（作）父辛彝。寽册（册）。

754. 宬伯㠱生壺（安伯㠱生壺）

【出土】河南。

【時代】西周晚期。

【著錄】山東成 607，集成 9615，總集 5716，三代 12.11.3，貞松 7.28.3，善齋 4.49.1，小校 4.79.1，巖窟上 64，北圖拓 151，國史金 383，圖像集成 12269。

【現藏】北京故宮博物院。

【字數】11。

【器影】

【拓片】

【釋文】宬（成）白（伯）㠱生乍（作）旅壺，甘（其）永寶用。

755. 殳季良父壺（事季良父壺／弁季良父壺）

【時代】西周晚期。

【著錄】山東成 608，集成 9713，總集 5786，三代 12.28.2，筠清 4.41.1-2，攈古 3.1.17.1-2，愙齋 14.13.1，周金 5.40.2，綴遺 13.14.2，奇觚 18.13.2，韡華庚中 1，小校 4.93.2，夏商周 345，鬱華 280.3，圖像集成 12432。

【現藏】上海博物館。

【字數】42（重文2）。

【器影】

【拓片】

【釋文】旻季良父乍（作）嬪攽（姒）隣（尊）壺，用盛旨酉（酒），用
　　　　言（享）孝于兄弟屢（婚）顤（媾）者（諸）老，用歔（祈）匃
　　　　費（眉）耆（壽），其萬年霝（令）冬（終）難老，子子孫孫是
　　　　永寶。

756. 魯侯壺

【時代】西周晚期。

【著錄】山東成 610，集成 9579，總集 5694，三代 12.8.7，攈古 2.1.15.1，
　　　　周金 5.56.1，小校 4.76.6，山東存魯 2.1，鬱華 279，圖像集成
　　　　12205。

【字數】7。

【拓片】

【釋文】魯医（侯）乍（作）尹弔（叔）啟（姬）壺。

757. 杞伯每亡壺蓋

【時代】春秋早期。

【著錄】山東成 612，集成 9687，總集 5764，三代 12.19.1-2，筠清 3.3-4.1，
從古 8.12.1-2，綴遺 25.6.2-7.1，攗古 2.3.7.1-2，敬吾下 31.2，周金
5.45.3，大系 234 下，小校 4.87.2，山東存杞 6.1，圖像集成 12380。

【字數】21（重文 2）。

【拓片】

【釋文】杞（杞）白（伯）每亡乍（作）鼄（邾）媒寶壺，邁（萬）年眉
（眉）釁（壽），子子孫孫永寶用亯（享）。

758. 杞伯每亡壺（杞伯每刃壺）

【時代】春秋早期。

【著錄】山東成 613，集成 9688，總集 5765，三代 12.19.3，愙齋 14.12.2，
周金 5.46.1，善齋 4.52，小校 4.87.1，大系 234 上，山東存杞 6.2，
銘文選 803，青全 9.83，夏商周 401，鬱華 280，圖像集成 12379。

【現藏】上海博物館。

【字數】22（重文2）。

【器影】

【拓片】

【釋文】杞（杞）白（伯）母（每）亡乍（作）竈（邾）嬶窑（寶）壺，
其萬年盨（眉）耆（壽），子子孫孫永寶用亯（享）。

759. 陳侯壺

【時代】春秋早期。

【著錄】山東成617，總集5752，通考732。

【字數】18（重文2）。

【拓片】

【釋文】陳灰（侯）乍（作）□媵壺，釁（眉）耆（壽）無彊（疆），子
子孫孫永竊（寶）是尚。

760. 曾伯陭壺

【時代】春秋早期。

【著錄】山東成 622，集成 9712.1-4，總集 5783，三代 12.26.1-12.27.2，貞松 7.32.2-33，故宮 5 期，通考 721，山東存曾 3-4，大系 208，故圖下上 144，銘文選 475，國史金 404，曾銅 120 頁，圖像集成 12427。

【現藏】臺北故宮博物院。

【字數】41（重文 2，蓋器同銘）。

【器影】

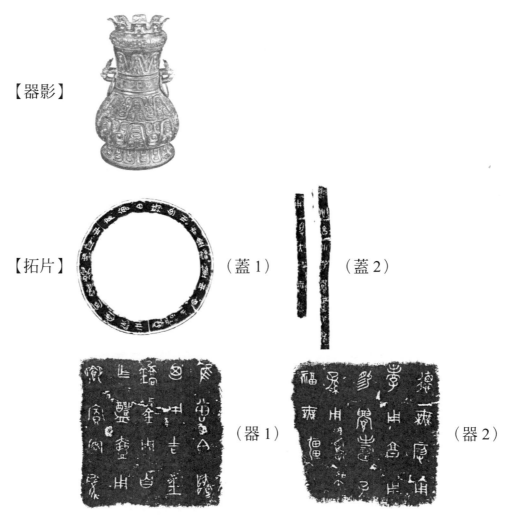

【拓片】 （蓋 1） （蓋 2）

（器 1） （器 2）

【釋文】隹（唯）曾白（伯）陭廼用吉金鐈鋚，用自乍（作）醴（禮）壺。用卿（饗）寳（賓）客，爲德無叚（假），用孝用亯（享），用腸（賜）釁（眉）耆（壽）。子子孫孫，用受大福無彊（疆）。

761. 紀公壺（異公壺）

【時代】春秋。

【著錄】山東成 624，集成 9704，總集 5776，薛氏 116.2，大系 236.1，
銘文選 871，雙吉 2.6，圖像集成 12407。

【字數】30。

【拓片】

【釋文】異（紀）公乍（作）爲子弔（叔）姜□盥壺，齎（眉）耆（壽）
萬年。永保其身，它配（熙），受福無碁（期），子孫永保用之。

762. 齊良壺

【時代】春秋早期。

【著錄】山東成 625，集成 9659，總集 5743，三代 12.14.5，綴遺 28.4，貞
松 7.31.1，山東存齊 24.1，國史金 391，圖像集成 12327。

【字數】15。

【拓片】

【釋文】旅（齊）良乍（作）壺盂，其齎（眉）耆（壽）無碁（期），子
孫永保用。

763. 洹子孟姜壺（齊侯罍）

【時代】春秋晚期。

【著錄】山東成 627-629，集成 9729，總集 5801，三代 12.33.1-2，兩罍 4.2.1-4.3.2，筠清 2.24.2-26.1，愙齋 14.2.1-3.1，從古 10.17.1-20.2，攈古 3.3.23.1-24.2，周金 5.37.1，綴遺 13.22.1-23.1，小校 4.100.1-2，大系 256，彙編 2.24，銘文選 850 乙，山東存齊 12-13，圖像集成 12450。

【現藏】中國國家博物館。

【字數】約存 135。

【器影】

【拓片】

【釋文】旂（齊）厌（侯）雷希（緐）喪其毆（簋），旂（齊）厌（侯）命大子乘遅來句宗白（伯），鈤（聽）命于天子，曰：萁（期）膈（則）爾萁（期）。余不其事，女（汝）受䢅遄傳□御。爾其遄（躋）受御。旂（齊）厌（侯）撶（拜）嘉命。于上天子用璧玉備。于大無（巫）翩（司）斬（誓），于大翩（司）命用璧兩壺八鼎。于南宮子用璧二、鼎（備）玉二翩（笥）、鼓鞍（鐘）[一][鈩（肆）]。旂（齊）厌（侯）[既][遄（濟）]，洹子孟姜喪，其下民都邑堇（懂）宴。無用從（縱）爾大樂。用鼉（鑄）爾羞銅。

用御天子之事。洹子孟姜用乞嘉命，用旂（祈）睂（眉）耆（壽），
萬年無彊（疆），用御爾事。

764. 洹子孟姜壺（齊侯罍）

【時代】春秋晚期。

【著錄】山東成 631-33，集成 9730，總集 5802，三代 12.34.1.2-35.1，兩
罍 5.2.1-5.3.1，筠清 2.37.1-39.1，從古 10.25.1-28.1，愙齋
14.4.2-5.2，攈古 3.3.26.1-27.1，綴遺 13.27.1-28.2，周金 5.36.1，
奇觚 18.16.2-17.2，彙編 2.23，上海 75，小校 4.101.1-2，大系 255，
銘文選 850 甲，青全 9.23，辭典 700，通考 35，夏商周 512，山
東存齊 13.2-15，圖像集成 12449。

【現藏】上海博物館。

【字數】143。

【器影】

【拓片】

【釋文】旅（齊）厌（侯）女雷希（緐）喪其叚（簋），旅（齊）厌（侯）
命大子乘腪來句宗白（伯），聶（聽）命于天子，曰:萁（期）鼎
（則）爾萁（期）。余不其事，女（汝）受遄傳□御。爾其遚
（躋）受御。旅（齊）厌（侯）捧（拜）嘉命。□上天子用璧玉
備一嗣（笥）。于大無（巫）嗣（司）折（誓），于大嗣（司）
命用璧兩壺八鼎。于南宮子用璧二、備玉二嗣（笥）、鼓鐘一鏄

（肆）。旒（齊）厌（侯）既邆（濟），洹子孟姜喪，其人民都
邑堇（懂）宴。無用從（縱）爾大樂。用鼄（鑄）爾羞銅。用御
天子之事。洹子孟姜用乞嘉命，用旆（祈）畳（眉）耆（壽），
萬年無彊（疆），用御爾事。

765. 陳喜壺

【時代】戰國早期。

【著錄】山東成 635，集成 9700，總集 5773，文物 1961 年 2 期 45 頁，銘
文選 852，青全 9.26，圖像集成 12400。

【現藏】山東省博物館。

【字數】25。

【器影】

【拓片】

【摹本】

【釋文】墜（陳）喜再立事歲，欵月己酉，爲左（佐）大族，台（以）寺
（持）民卬，霷客敢爲瞅（裡）壺九。

766. 陳璋方壺（陳璋壺）

【時代】戰國中期。

【著錄】山東成 636-637，集成 9703，總集 5772，三代 12.24.1-3，山東存
齊 22.3-5，通考 774，美集 R433h，大系 261，彙編 4.225，銘文
選 865，青全 9.121，國史金 398，圖像集成 12410。

【現藏】美國費城賓夕法尼亞大學博物館。

【字數】29。

【器影】

【拓片】

【釋文】隹（唯）王五年，奠（鄭）□墜（陳）旻（得）再立事歲，孟冬
戊辰，大𤔔□孔，墜（陳）璋內（入）伐匽（燕），亳邦之𢦏（獲）。

十九、罍

767. 田父甲罍

【出土】民國七年（1918 年）山東長清縣崮山驛。

【時代】商代晚期。

【著錄】三代 11.40.5-6，貞續中 10.1-2，集成 9785，總集 5540，山東存下
2.3-4，國史金 484.2（器），山東成 588（誤為罍），山東成 644，
圖像集成 13770。

【字數】3（蓋器同銘）。

【拓片】  （蓋）　　　　　（器）

【釋文】田父甲。

768. 作從彝罍

【出土】1931 年山東益都縣（今青州市）蘇埠屯西周墓葬。

【時代】西周早期。

【著錄】山東成 645，圖像集成 13793。

【現藏】山東省博物館。

【字數】4。

【拓片】

【釋文】乍（作）封（封）從彝。

769. 冀禹祖辛罍（祖辛禹罍）

【出土】1957 年山東長清縣興復河北岸王玉莊與小屯村之間（附 4 號）。

【時代】商代晚期。

【著錄】文物 1964 年 4 期 45 頁圖 10，集成 9806，總集 5557，綜覽.罍 16，山東成 639，圖像集成 13798。

【現藏】山東省博物館。

【字數】5。

【器影】

【拓片】

【釋文】且（祖）辛禹罍。

770. 戲罍罍

【出土】傳 1981 年山東費縣出土，1981 年北京市文物工作隊從廢銅中揀
選。

【時代】商代晚期。

【著錄】文物 1982 年 9 期 42 頁圖 35，集成 9770，山東成 640.2，圖像集
成 13754。

【現藏】北京市文物研究所。

【字數】2。

【器影】

【拓片】

【釋文】戲罍。

771. 融罍

【出土】1986 年春山東青州市蘇埠屯商代墓（M8：10）。

【時代】商代晚期。

【著錄】海岱考古第 1 輯 264 頁圖 10.8，近出 974，新收 1056，山東成 640.1，圖像集成 13707。

【現藏】青州市博物館。

【字數】1。

【器影】

【拓片】

【釋文】融。

772. 史罍（史方罍）

【出土】1994 年山東省滕州市官橋鎮前掌大村商周墓地（M11：99）。

【時代】西周早期。

【著錄】滕州 276 頁圖 197.4，圖像集成 13728。

【現藏】中國社會科學院考古研究所。

【字數】1。

【器影】

【拓片】

【釋文】史。

傳世罍

773. 冀罍

【時代】西周早期。

【著錄】山東成 638，集成 9737，西清 12.4，圖像集成 13731。

【字數】1。

【器影】

【拓片】

【釋文】冀。

774. 竝畢

【時代】商。

【著錄】山東成 638，集成 9736，圖像集成 13717。

【現藏】北京故宮博物院。

【字數】1。

【拓片】

【釋文】竝。

775. 亞醜畢（亞丑畢）

【時代】商。

【著錄】海岱考古 321 頁圖 1.4，近出 979，山東成 640，集成 9766，山東
萃 105，圖像集成 13746。

【現藏】濟南市博物館。

【字數】2（蓋器同銘）。

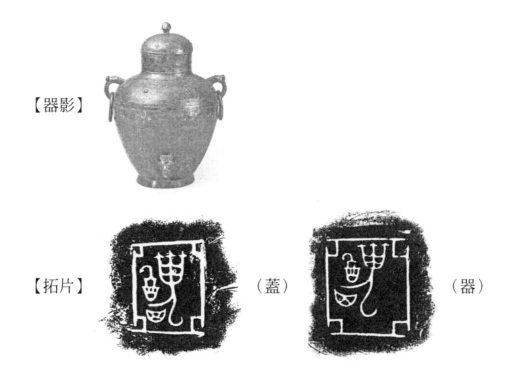

【器影】

【拓片】　　　　　（蓋）　　　　　（器）

【釋文】亞{醜}。

776. 亞醜罍（亞丑方罍）

【時代】商。

【著錄】山東成 641，集成 9763，總集 5526，三代 11.4.1，攈古 1.2.69.4
（誤為尊），綴遺 26.1，敬吾上 42.1，殷存上 20.12（誤為尊），
小校 5.3.6，圖像集成 13744。

【字數】2。

【器影】
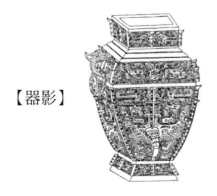

【拓片】

【釋文】亞{醜}。

777. 亞醜罍（亞丑罍）

【時代】商。

【著錄】山東成 641，集成 9764，善彝 106，續殷下 76.3，綜覽‧罍 32，
圖像集成 13745。

【字數】2。

【器影】

【拓片】

【釋文】亞{醜}。

778. 亞醜罍（亞丑方罍）

【時代】商。

【著錄】山東成 642，集成 9765，總集 5524，錄遺 208.1-2，彙編 8.1005，綜覽・罍 34，圖像集成 13743。

【現藏】日本東京出光美術館。

【字數】2（蓋器同銘）。

【器影】

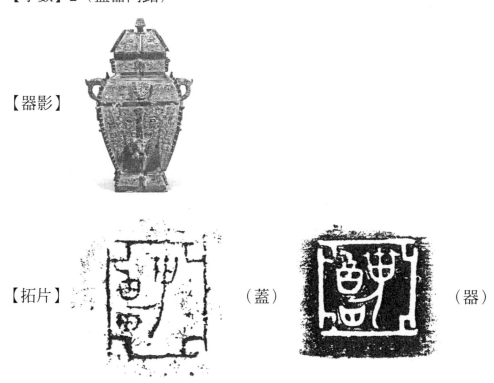

【拓片】　　　　　　　　　（蓋）　　　　　　　　　（器）

【釋文】亞{醜}。

779. 亞醜罍

【時代】商。

【著錄】山東成 643，集成 9767，總集 5525，三代 11.39.4-5，西清 12.6，澂秋 29，貞松 7.2.3-4，美集 R136，綜覽・罍 4，圖像集成 13747。

【現藏】美國米里阿波里斯博物館（皮斯柏藏品）。

【字數】2（蓋器同銘）。

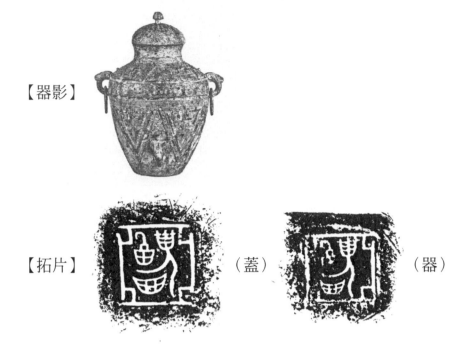

【器影】

【拓片】　　　　　（蓋）　　　　　（器）

【釋文】亞{酖}。

780. 婦闌罍

【時代】商。

【著錄】山東成 646（蓋），集成 9820，總集 5575.2，三代 5.8.7（蓋，誤為甗），周金 5.30.2，小校 4.78.1（誤為壺），殷存上 9.11（蓋，誤為甗），國史金 384.1（蓋，誤為壺），圖像集成 13819。

【現藏】廣東省博物館。

【字數】10（蓋器同銘）。

【拓片】　　　　　（蓋）　　　　　（器）

【釋文】敀（婦）闌乍（作）文敁（姑）日癸隣（尊）彝。裴。

二十、瓶

781. 僉父瓶

【出土】2002 年 6 月山東棗莊市山亭區東江古墓群（M1）。

【時代】春秋早期。

【著錄】遺珍 32-33，圖像集成 14036。

【現藏】棗莊市博物館。

【字數】蓋外 21（重文 2），器表 19。

【拓片】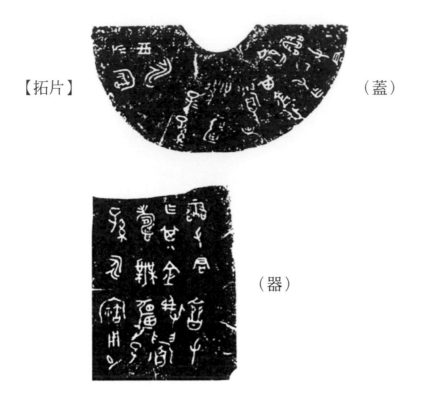（蓋）

（器）

【釋文】霝父君龠（斂）父，乍（作）其金妝（瓶），賢（眉）嵩（壽）無彊（疆），子孫永窑（寶）用之。

二十一、缶

782. 邾伯缶（邾伯罍）

【出土】1954 年山東棗莊市嶧縣。

【時代】戰國早期。

【著錄】考古學報 1963 年 2 期 60 頁圖 1，集成 10006，總集 5583，山東
　　　　成 648，通鑒 14085。

【現藏】山東省博物館。

【字數】29（重文 2）。

【器影】

【拓片】

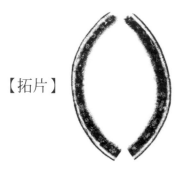

【釋文】隹（唯）正月初吉丁亥，不（邳）白（伯）賏（夏）子自乍（作）
隣（尊）罍（楄），用斨（祈）賈（釁－眉）嘼（壽）無彊（疆），
子子孫孫永寶用之。

783. 邳伯缶（邳伯罍）

【出土】1954 年山東棗莊市嶧縣。

【時代】戰國早期。

【著錄】考古學報 1963 年 2 期 61 頁圖 2，集成 10007，總集 5584，銘文
選 605，新收 1524，山東成 647，圖像集成 14090。

【現藏】山東省博物館。

【字數】29（重文 2）。

【器影】

【拓片】

【釋文】隹（唯）正月初吉丁亥。不（邳）白（伯）賏（夏）子自乍（作）
隣（尊）罍（楄），用斨（祈）賈（釁－眉）嘼（壽）無彊（疆），
子子孫孫永寶用之。

784. 楚高缶

【出土】1954 年山東泰安縣東更道村。

【時代】戰國時期。

【著錄】山東選 114，青全 10.67，集成 9989，總集 5566，山東成 649，山東藏 71，山東萃 131，圖像集成 14060。

【現藏】山東省博物館。

【字數】10。

【器影】

【拓片】　　　　　（蓋）　　　　　　（器）

【釋文】蓋銘：右屍君（尹）。右屍君（尹）。

　　　　口沿銘：楚高；

　　　　耳銘：楚高。

785. 楚高缶

【出土】1954 年山東泰安縣東更道村。

【時代】戰國時期。

【著錄】山東選 115，集成 9990，總集 5567，山東成 650，圖像集成 14061。

【現藏】中國國家博物館。

【字數】7。

【器影】

【拓片】　　　（蓋）　　　　（口沿）　　　（耳）

【釋文】蓋銘：右尸君（尹）。右尸君（尹）。

　　　　口沿銘：楚高。

　　　　耳銘：楚高。

二十二、杯

786. 丁之十耳杯

【出土】1992 年山東淄博市臨淄商王村田齊墓地（M1：112.2）。

【時代】戰國晚期。

【著錄】文物 1997 年 6 期 17 頁圖 7.3，近出 1047，新收 1079，齊墓 27
　　　　頁圖 17.1.3，山東成 749，通鑒 10859。

【現藏】淄博市博物館。

【字數】9。

【器影】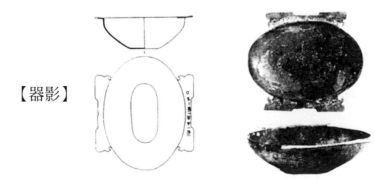

【拓片】

【釋文】丁之十，塚（重）一益（鎰）卅八屏。

787. 少司馬耳杯

【出土】1992 年山東淄博市臨淄商王村田齊墓地（M1:112.4）。

【時代】戰國晚期。

【著錄】文物 1997 年 6 期 14 頁，考古 2004 年 4 期 72 頁圖 8.5，齊墓 27
頁圖 17.2.4.5，新收 1080，山東成 750，通鑒 10860。

【現藏】淄博市博物館。

【字數】15。

【器影】

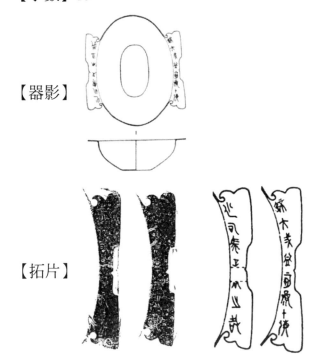

【拓片】

【釋文】少司馬□□之侖（持）。鈢大貳益塚（重）曑（参一三）十遷。

788. 四十一年工右耳杯

【出土】1992 年山東淄博市臨淄商王村田齊墓地（M1：17.2）。

【時代】戰國晚期。

【著錄】文物 1997 年 6 期 24 頁圖 28.1，考古 2004 年 4 期 72 頁圖 8.1，新收 1077，山東成 751，圖像集成 19606。

【現藏】淄博市博物館。

【字數】13。

【器影】

【摹本】

【釋文】卌一年。工右。□一斤六兩六朱。寅。

789. 四十年左工耳杯

【出土】1992 年山東淄博市臨淄商王村田齊墓地（M1：17.3）。

【時代】戰國晚期。

【著錄】文物 1997 年 6 期 23 頁，考古 2004 年 4 期 72 頁圖 8.2，新收 1078，圖像集成 19607。

【現藏】淄博市博物館。

【字數】19。

【器影】

【摹本】

四十年左工金一斤十二两十四朱

名曰三

工一

【釋文】四十年。左工。重一斤十二兩十四朱。名曰三。工一。

二十三、盤

790. 史盤

【出土】1994 年山東省滕州市官橋鎮前掌大村商周墓地（M11：71）。

【時代】商代晚期。

【著錄】滕州 305 頁圖 220，圖像集成 14302。

【現藏】中國社會科學院考古研究所。

【字數】1。

【器影】

【拓片】

【釋文】史。

791. 夆盤

【出土】1985 年 5 月山東濟陽縣姜集鄉劉台子西周墓葬（M6：14）。

【時代】西周早期。

【著錄】文物 1996 年 12 期 11 頁圖 16.6，近出 996，新收 1160，山東成
652.3，圖像集成 14314。

【現藏】山東文物考古研究所。

【字數】1。

【器影】

【拓片】

【釋文】夆。

792. 京叔盤

【出土】民國二十二年（1933 年）春山東滕縣安上村。

【時代】西周中期。

【著錄】三代 17.4.4，山東存邾 3.2，集成 10095，總集 6719，國史金 1241，
山東成 659，圖像集成 14428。

【現藏】中國國家博物館。

【字數】13（重文 1）。

【拓片】

【釋文】京弔（叔）乍（作）孟畾（嬴）塍（媵）□，子子孫永寶用。

793. 句它盤

【出土】此與太保鼎敦諸器同出山東壽張（綴遺）。

【時代】西周晚期。

【著錄】綴遺 7.2.2，錄遺 492，集成 10141，總集 6763，山東成 654，圖
像集成 14483。

【字數】21（重文 2）。

【拓片】

【釋文】隹（唯）句它□□乍（作）寶盤其，萬□無彊（疆），子子孫孫
永寶用亯（享）。

794. 伯馴父盤

【出土】1965 年 2 月山東鄒縣田黃公社七家峪。

【時代】春秋早期。

【著錄】考古 1965 年 11 期 543 頁圖 2.4，集成 10103，總集 6740，銘文選
1.491，山東成 655，圖像集成 14444。

【現藏】鄒縣文物管理所。

【字數】15（重文 2）

【器影】

【拓片】

【釋文】白（伯）馴父乍（作）啟（姬）淪朕（媵）舨（般－盤），子子
孫孫永寶用。

795. 鑄大司盤

【出土】1976 年 11 月山東省平邑東陽公社蔡莊村。

【時代】西周晚期。

【著錄】考古 1986 年 4 期 366-367 頁，新收 1024。

【字數】6。

【器影】

【拓片】不清。

【釋文】鑄大司□□用。

796. 魯司徒仲齊盤（魯嗣徒仲齊盤）

【出土】1977 年山東魯城望父台春秋墓葬（M48.8）。

【時代】春秋早期。

【著錄】青全 6.72，魯城 150 頁圖 96 左，集成 10116，銘文選 1.344，辭典 557，山東成 664，圖像集成 14451。

【現藏】曲阜市文物管理委員會。

【字數】15。

【器影】

【拓片】

【釋文】魯嗣（嗣－司）朝（徒）中（仲）旅（齊）肇（肇）乍（作）殷（盤），甘（其）萬年永嬪（寶）用宫（享）。

797. 魯伯兪父盤（魯伯愈父盤）

【出土】1830 年山東滕縣東北鳳凰嶺。

【時代】西周晚期或春秋早期。

【著錄】奇觚 8.9，小校 9.71.1，希古 5.21.1，山東存魯 13.1，集成 10114，總集 6738，銘文選 4.812，夏商周 471，鬱華 287.3，山東成 662，圖像集成 14448。

【現藏】上海博物館。

【字數】15。

【器影】

【拓片】

【釋文】魯白（伯）愈父乍（作）龜（邾）臣（姬）𡥈朕（媵）盥（顯）
般（般－盤），甘（其）永寶用。

798. 魯伯者父盤

【出土】1977 年山東魯城春秋墓葬（M202.5）

【時代】春秋早期。

【著錄】青全 9.55，魯城 108 頁圖 68.3，集成 10087，銘文選 809，山東成
663，圖像集成 14416。

【現藏】曲阜市文物管理委員。

【字數】10。

【器影】

【拓片】

【釋文】魯白（伯）者父乍（作）孟啟（姬）敦（嬭）朕（媵）般（盤）。

799. 紀伯痙父盤（曩伯痙父盤）

【出土】1951 年 4 月山東黃縣（今龍口市）歸城區（一名灰城）南埠村春
　　　秋墓葬。

【時代】春秋早期。

【著錄】黃縣 50 頁圖 7，故宮文物 1997 年總 175 期 87 頁圖 18，集成
　　　10081，總集 6715，綜覽.盤 85，銘文選 869，斷代 868 頁 217.2，
　　　古研 19 輯 79 頁圖 3.1，三代補 814，山東成 685，圖像集成 14407。

【現藏】山東省博物館。

【字數】9。

【器影】

【拓片】

【釋文】異（紀）白（伯）窒父朕（媵）姜無臣（姬）般（盤）。

800. 尋仲盤

【出土】1981 年春山東臨朐縣嵩山公社泉頭村春秋墓葬（M 乙：6）。

【時代】春秋早期。

【著錄】文物 1983 年 12 期 3 頁圖 12，集成 10135，辭典 724，山東成 667，
圖像集成 14479。

【現藏】臨朐縣文化館。

【字數】20（重文 2）。

【器影】

【拓片】

【釋文】尋中（仲）賸（媵）中（仲）女子嬪（寶）采（般－盤），其萬
年無彊（疆），子子孫孫永嬪（寶）用。

801. 兒慶盤（郳慶盤）

【出土】2002 年山東省棗莊市山亭區東江古墓羣。

【時代】春秋早期。

【著錄】遺珍 94 頁，圖像集成 14414。

【字數】10。

【器影】

【拓片】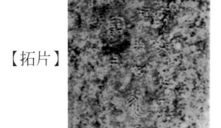

【釋文】兒（倪）慶乍（作）秦妊盤，甘（其）永寶用。

802. 干氏叔子盤

【出土】道光二十五年五月山東鄒縣紀王城（山東存）。

【時代】春秋早期。

【著錄】三代 17.11.2，攈古 2 之 2.74.2，敬吾上 2，周金 4.12.1，山東存下
9.1，集成 10131，總集 6757，鬱華 284.1，山東成 665，圖像集成
14474 。

【字數】19（重文 2）。

【拓片】

【釋文】干氏弔（叔）子乍（作）中（仲）姬客母虦（媵）般（般－盤），
子子孫孫永寶用之。

803. 夆叔盤

【出土】山東滕縣。

【時代】春秋早期。

【著錄】三代 17.17.1，貞松 10.30.1，貞圖中 35，山東存下 9.2，集成 10163，
總集 6781，國史金 1258，山東成 666，旅順銅 81，圖像集成 14522。

【現藏】旅順博物館。

【字數】36（重文 2）。

【器影】

【拓片】

【釋文】隹（唯）王正月初吉丁亥，夆弔（叔）乍（作）季改盟䀐（般一
　　　　盤），其釁（釁－眉）眉（壽）萬生（年），永俘（保）其身，
　　　　它它巸（熙）巸（熙），眉（壽）考無碁（期），永俘（保）用
　　　　之。

804. 鑄叔盤（鱻弔盤／祝叔盤）

【出土】2002 年山東省棗莊市山亭區東江古墓羣。

【時代】春秋早期。

【著錄】遺珍 93 頁，圖像集成 14456。

【現藏】北京中貿聖佳國際拍賣有限公司。

【字數】16。

【器影】

【拓片】

【釋文】鱻（鑄）弔（叔）乍（作）秦妊朕（媵）䀐（般一盤），甘（其）
　　　　萬年釁（釁－眉）眉（壽）永寶用。

805. 郣公典盤（郣子姜首盤／郣公黌盤）

【出土】1995 年 3-6 月山東長清縣仙人台春秋墓（M5：46）。

【時代】春秋中期。

【著錄】文物 1998 年 9 期 23 頁圖 5，考古 1998 年 9 期 30 頁圖 4，近出 1009，新收 1043，山東成 686，圖像集成 14526。

【字數】43（重文 4）。

【拓片】

【釋文】寺（郣）子姜首迟（伋－及）寺公萛（典）爲其盥舨（般－盤），用旂（祈）黌（釁－眉）耆（壽）難老，室家是俘（保），它它毘（熙）毘（熙），男女無萁（期），考冬（終）有卒，子子孫孫永俘（保）用之，不（丕）用勿出。

806. 虖台丘君盤

【出土】1986 年山東省滕州市官橋鎮狄莊薛國故城（M147）。

【時代】春秋中期。

【著錄】中山大學學報第 6 卷 200 頁圖 1：2，古代文明第 6 卷 200 頁圖 1：2。

【字數】22（重文 2）。

【照片】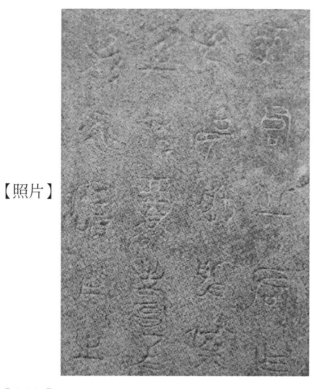

【釋文】虜臼（台）丘君乍（作）弔（叔）始媵盤，其萬年矆（眉）壽，
　　　　子子孫孫永寶用之。

807. 賈孫叔子屖盤（瞯孫叔子屖盤）

【出土】1981 年 10 月山東諸城市都吉台。

【時代】春秋晚期。

【著錄】山東成 675，圖像集成 14512。

【現藏】諸城市博物館。

【字數】31（重文 2）。

【器影】

【拓片】

【釋文】賈孫弔（叔）子屖爲子孟姜賸（媵）盥盤，其萬年釁（釁－眉）耆（壽），室家是俘（保），它它巸巸，妻□耆（壽）老無碁（期）。

傳世盤

808. □父戊盤

【時代】商。

【著錄】山東存下 17.1，集成 10042。

【現藏】英國不列顛博物館。

【字數】3。

【拓片】

【釋文】□父戊。

809. 父戊盤

【時代】商。

【著錄】山東成 651，集成 10042，總集 6685，三代 17.2.3，綴遺 7.1，殷
存下 34，山東存下 17.1，綜覽·盤 36，鬱華 282.2，圖像集成 14338。

【現藏】英國倫敦不列顛博物館。

【字數】3。

【器影】

【拓片】

【釋文】父戊。

810. 冀父己盤

【時代】不詳。

【著錄】山東成 652，總集 6688，彙編 1155。

【字數】3。

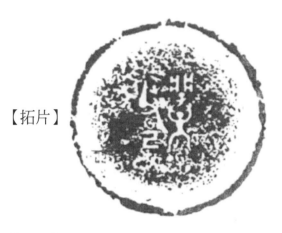

【拓片】

【釋文】冀父己。

811. 冀父甲盤

【時代】商。

【著錄】山東成 652，集成 10038，西甲 15.5，積古 1.25，攈古 1.3.12.1，
圖像集成 14347。

【字數】3。

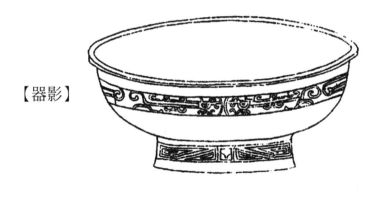

【器影】

【拓片】

【釋文】冀父甲。

812. 亞異侯作父丁盤

【時代】不詳。

【著錄】山東成 653，總集 6713，錄遺 489。

【字數】8。

【拓片】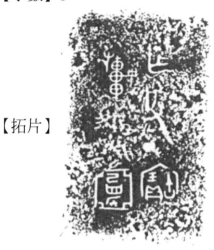

【釋文】乍（作）父丁寶旅（旅）彝。亞異。

813. 齊叔姬盤

【時代】西周晚期。

【著錄】山東成 656，集成 10142，錄遺 493，總集 6765，青全 6.83，辭典 558，海岱考古 324 頁圖 4，圖像集成 14485。

【現藏】濟南市博物館。

【字數】22（重文 2）。

【器影】

【拓片】

【釋文】旅（齊）弔（叔）啟（姬）乍（作）孟庚寶般（盤），甘（其）
萬年無彊（疆），子子孫孫永受大福用。

814. 曾仲盤

【時代】西周晚期。

【著錄】山東成 657，集成 10097，總集 6721，積古 8.1，擸古 2.1.84，奇
觚 18.24，銘文選 1.469，山東存曾 8.2，曾銅 444 頁上，圖像集成
14430。

【字數】13（重文 1）。

【拓片】

【釋文】曾中（仲）自乍（作）旅盤，子子孫永寶用之。

815. 薛侯盤

【時代】春秋早期。

【著錄】山東成 658，集成 10133，總集 6762，三代 17.13.2，清愛 5，筠清 3.53.1，攈古 2.2.85，綴遺 7.22.2，敬吾上 2.1，陶齋 3.38.1，周金 4.11.2，大系 212.2，小校 9.74.3，山東存薛 1，美集 R413，銘文選 821，綜覽·盤 81，薩克勒（東周）63，圖像集成 14477。

【現藏】美國華盛頓薩克勒美術館。

【字數】20（重文 2）。

【器影】

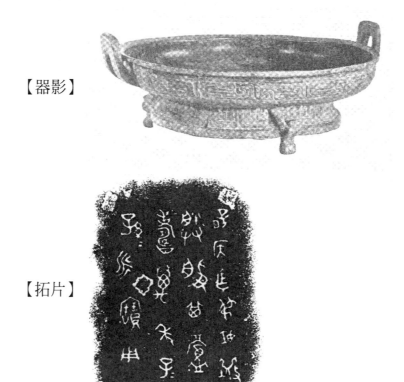

【拓片】

【釋文】甹（薛）医（侯）乍（作）弔（叔）妶（妊）襄朕（媵）般（盤），甘（其）盾（眉）菁（壽）萬年，子子孫孫永寶（寶）用。

816. 京叔盤

【時代】西周晚期。

【著錄】山東成 659，集成 10095，總集 6719，三代 17.4.4，山東存邾 3，國史金 1241，圖像集成 14428。

【現藏】中國國家博物館。

【字數】13（重文1）。

【拓片】

【釋文】京弔（叔）乍（作）孟嬴（嬴）媵（媵）□，子子孫永寶用。

817. 魯伯愈父盤

【時代】春秋早期。

【著錄】山東成660，集成10113，總集6736，三代17.7.3，周金4.13.2，貞松10.25.4，希古5.20.2，山東存魯12.1（又12.2重出），讀金153，圖像集成14449。

【字數】15。

【拓片】

【釋文】魯白（伯）愈父乍（作）龜（邾）敔（姬）朕（媵）盥（沬）般（盤），其永寶用。

818. 魯伯愈父盤

【時代】春秋早期。

【著錄】山東成 661，集成 10115，總集 6737，攈古 2.2.15，綴遺 7.22，小
校 9.71.2，圖像集成 14450。

【字數】15。

【拓片】

【釋文】魯白（伯）觫（俞）父乍（作）竈（邿）啟（姬）孛朕（媵）齍
（沬）般（盤），甘（其）永寶用。

819. 郗遣盤

【時代】商代晚期。

【著錄】山東成 668，山東存郗 5.2。

【字數】24（重文 2）。

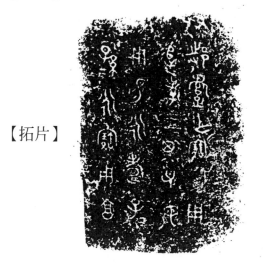

【拓片】

【釋文】郗戲（遣）乍（作）寶盤，用追孝于其父母，用易（賜）永耆（壽），
子子孫孫永寶用亯（享）。

820. 齊侯盤

【時代】春秋晚期。

【著錄】山東成 669，集成 10159，總集 6779，三代 17.16.4，奇觚 8.14，
周金 4.7，齊侯 5，大系 253，小校 9.78.1，山東存齊 3，通考 845，
美集 R423，彙編 4.197，銘文選 859。

【現藏】美國紐約大都會美術博物館。

【字數】34（重文 4）。

【拓片】

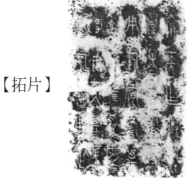

【釋文】旅（齊）厌（侯）乍（作）艤（媵）寡（寬）𣄴（圓）孟姜盥般
（盤）。用蘄（祈）釁（眉）耆（壽）萬生（年）無彊（疆），
它它熙熙，男女無萅（期），子子孫孫永保用之。

821. 魯正叔盤

【時代】春秋早期。

【著錄】山東成 670，集成 10124，博古 21.15，薛氏 164.1，嘯堂 74.1，圖
像集成 14466。

【字數】18（重文 2）。

【器影】

【拓片】

【釋文】魯正弔（叔）之驗乍（作）靈（鑄）甘（其）御般（盤），子子
孫孫永薔（壽）用之。

822. 魯少司寇盤

【時代】西周晚期。

【著錄】山東成 671，集成 10154，總集 6772，文物 1964 年 7 期 18 頁圖
11，銘文選 819，夏商周 522。

【現藏】上海博物館。

【字數】25。

【釋文】魯少嗣（司）寇垰（封）孫宅乍（作）甘（其）子孟啟（姬）娶
朕（媵）般（盤）也（匜），甘（其）貴（眉）薔（壽）萬生（年），
永嶺（寶）用之。

823. 魯伯厚父盤

【時代】不詳。

【著錄】山東成 672，總集 6717，彙編 488。

【字數】10。

【拓片】

【釋文】魯白（伯）厚父乍（作）中（仲）姬俞䐡（媵）舨（盤）。

824. 魯伯厚父盤

【時代】春秋早期。

【著錄】山東成 673，集成 10086，總集 6718，三代 17.4.3，筠清 4.29.1，
擴古 2.1.53.2，愙齋 16.16.1，綴遺 7.21.1，周金 4.17.3，大系 227，
小校 9.70.3，山東存魯 4，銘文選 484，青全 9.54，故青 225，鬱
華 287.2，圖像集成 14417。

【現藏】北京故宮博物院。

【字數】10。

【器影】

【拓片】

【釋文】魯白（伯）厚父乍（作）中（仲）啟（姬）舍（俞）艕（媵）皈（盤）。

825. 取膚盤

【時代】春秋。

【著錄】山東成 676-677，集成 10126，總集 6752，三代 17.10.1，攗古 2.2.65.2，愙齋 16.12.2，綴遺 7.4.1，奇觚 8.10.2，簠齋二盤 3，小校 9.74.1，山東存魯 20.1，善齋 9.56，周金 4.13，北圖拓 249，鬱華 286.2，圖像集成 14468。

【字數】18（重文 2）。

【器影】

【拓片】

【釋文】取膚孟（上子）商矗（鑄）皈（盤），用艕（媵）之麗妀，子子孫孫永嬪（寶）用。

826. 陳侯盤

【時代】春秋早期。

【著錄】山東成 678，集成 10157。

【字數】29。

【拓片】

【釋文】佳（唯）正月初吉丁亥，陳厌（侯）乍（作）王中（仲）嬀媵母
　　　　縢（媵）殷（盤），用旛（祈）覊（眉）䵼（壽）萬年無彊（疆），
　　　　永䵼（壽）用之。

827. 齊大宰歸父盤（歸父盤）

【時代】春秋中期。

【著錄】山東成 680-681（682 重出），集成 10151，總集 6768，三代
　　　　17.14.1（三代 17.14.2 重出），筠清 4.30.2，從古 16.11.1-2，
　　　　攈古 2.3.29.2，愙齋 16.14.2-15.1，綴遺 7.25.1，奇觚 8.12.1-13.1，
　　　　敬吾上 3.2，簠齋三盤 2，大系 238，小校 9.75.3，善彝 94，山
　　　　東存齊 5-6，周金 4.10.1，彙編 5.264，銘文選 842，夏商周 523，
　　　　圖像集成 14495。

【現藏】上海博物館。

【字數】24。

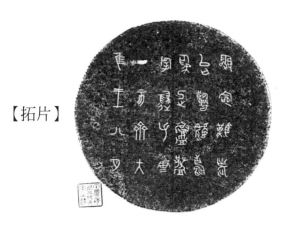

【拓片】

【釋文】隹（唯）王八月丁亥，旂（齊）大宰遍（歸）父曲爲忌（己）盥（斳）
盤，台（以）齌（祈）黌（眉）耆（壽），霝（令）命難老。

828. 齊縈姬盤

【時代】春秋早期。

【著錄】山東成 683，集成 10147，總集 6767，西清 32.37，錄遺 495，銘
文選 841，青全 9.35，故青 244，圖像集成 14491。

【現藏】北京故宮博物院。

【字數】23（重文 2）。

【器影】

【拓片】

【釋文】旂（齊）縈姒（姬）之孀乍（作）寳（寶）般（盤），其黌（眉）
耆（壽）萬年無彊（疆），子子孫孫永停（寶）用亯（享）。

829. 齊侯作孟姬盤

【時代】春秋晚期。

【著錄】山東成 684，集成 10123，總集 6746，攈古 2.2.30，綴遺 7.26，周金 4.15，圖像集成 14457。

【字數】16。

【拓片】

【釋文】旆（齊）厌（侯）乍（作）皇氏孟啟（姬）賓（寶）般（盤）。其萬年𥊙（眉）壽無彊（疆）。

二十四、匜

830. 司馬南叔匜

【出土】山東莒縣東前集。

【時代】西周晚期。

【著錄】山東選 108 上，集成 10241，總集 6854，綜覽.匜 55，山東成 714，
圖像集成 14950。

【現藏】山東省博物館。

【字數】17（重文 2）。

【拓片】

【釋文】嗣（司）馬南弔（叔）乍（作）🐛（巂）姬媵（媵）它（匜），
子子孫孫永寶用亯（享）。

831. 者僕故匜

【出土】1974 年山東莒縣崔家峪。

【時代】西周晚期。

【著錄】山東成 696，圖像集成 14916。

【現藏】莒縣博物館。

【字數】13。

【拓片】

【釋文】者僕故乍（作）它（匜），其萬年釁（眉）耆（壽）永窑（寶）
用。

832. 周宅匜

【出土】山東青州（攈古）。

【時代】西周晚期。

【著錄】三代 17.30.3，從古 16.15.1，攈古 2 之 1.85.1，愙齋 16.21.2，綴遺 14.09.1，奇觚 8.31.1，敬吾下 28.1，周金 4.28.1，簠齋三匜 3，小校 9.60.1，集成 10218，總集 6834，韡華閣壬 5，山東成 690，圖像集成 14914。

【現藏】上海博物館。

【字數】13（重文 1）。

【拓片】

【釋文】🐚。周宊乍（作）救姜䤋（寶）也（匜），孫孫永䤋（寶）用。

833. 紀伯㷥父匜（異伯㷥父匜）

【出土】】1951 年 4 月山東黃縣（今龍口市）歸城區（一名灰城）南埠村春秋墓葬。

【時代】春秋早期。

【著錄】黃縣 56 頁，故宮文物 1997 年總 175 期 87 頁圖 19，集成 10211，總集 6826，銘文選 870，斷代 869 頁 217.3，古研 19 輯 77 頁圖 1.2，山東成 711，通鑒 14885。

【現藏】山東省博物館。

【字數】9。

【釋文】異（紀）白（伯）寵父朕（媵）姜無姬它（匜）。

834. 魯司徒仲齊匜

【出土】1977 年山東曲阜市魯國古城望父台春秋墓葬（M48.11）。

【時代】春秋早期。

【著錄】青全 6.73，魯城圖 96 右，集成 10275，銘文選 345，辭典 565，
山東成 694，圖像集成 14988。

【現藏】曲阜市文物管理委員會。

【字數】27（重文 2 字）。

【拓片】

【釋文】魯嗣（司）祉（徒）中（仲）旅（齊）肈（肇）乍（作）皇考白
（伯）徲（走）父寶它（匜），弌（其）萬年貴（眉）耆（壽），
子子孫孫永寶用亯（享）。

835. 杞伯每亡匜（杞伯每刃匜）

【出土】清道光、光緒間山東新泰縣。

【時代】春秋早期。

【著錄】三代 17.30.1，周金 4.25.2，貞松 10.36.1，希古 5.24.2，大系 234，
集成 10255，總集 6831，銘文選 804，山東存杞 7.1，鬱華 265.3，
國史金 1284，山東成 710，圖像集成 14943。

【現藏】故宮博物院。

【字數】16。

【拓片】

【釋文】杏（杞）白（伯）每亡盪（鑄）竃（邿）孂（曹）用鑋（寶）它
（匜），其子孫永鑋（寶）用。

836. 魯伯愈父匜

【出土】清道光十年（1830 年）山東滕縣東北鳳凰嶺之溝澗中。

【時代】春秋早期。

【著錄】三代 17.32.1，金索金 1.56，綴遺 14.15.1，貞松 10.35.1，希古 5.24.3，
小校 9.61.2，山東存魯 13.2，青全 9.58，集成 10244，總集 6841，
銘文選 4.813，夏商周 473，鬱華 268.1，山東成 688，圖像集成
14932。

【現藏】上海博物館。

【字數】15。

【器影】

【拓片】

【釋文】魯白（伯）愈父乍（作）竈（邾）啟（姬）𩰥朕（媵）盥（沬）
它（匜），甘（其）永寶用。

837. 孟嬴匜

【出土】民國二十二年（1933 年）春山東滕縣安上村。

【時代】春秋早期。

【著錄】山東存邾 3.3，圖像集成 14877。

【現藏】中國國家博物館。

【字數】存 7。

【拓片】

【釋文】乍（作）孟嬴它（匜），永寶用。

838. 齊侯子行匜

【出土】1977 年 10 月山東臨朐縣嵩山公社泉頭村春秋墓葬（M 甲：9）。

【時代】春秋早期。

【著錄】文物 1983 年 12 期 3 頁圖 11，集成 10233，辭典 745，山東成
695，圖像集成 14939。

【現藏】臨朐縣文化館。

【字數】14。

【器影】

【拓片】

【釋文】旂（齊）厌（侯）子行乍（作）其寶它（匜），子孫永寶用亯（享）。

839. 尋仲匜

【出土】1981 年 4 月山東臨朐縣嵩山公社泉頭村春秋墓葬（M 乙：7）。

【時代】春秋早期。

【著錄】青全 9.87，文物 1983 年 12 期 3 頁圖 10，集成 10266，山東萃
113，山東成 699，圖像集成 14978。

【現藏】臨朐縣博物館。

【字數】21（重文 3）。

【器影】

【拓片】

【釋文】尋中（仲）䑍（賸－媵）中（仲）女子子寶（寶）它（匜），其
萬年無勬（彊－疆），子子孫孫永寶（寶）用。

840. 叔黑臣匜

【出土】清光緒初年山東桓臺縣。

【時代】春秋早期。

【著錄】三代 17.30.2，貞松 10.34.3，希古 5.24，集成 10217，總集 6832，
山東存鑄 4.2，鬱華 272.2，國史金 1281，山東成 708，圖像集成
14908。

【字數】11。

【拓片】

【釋文】隹（唯）弔（叔）黑臣乍（作）寳（寶）它（匜），甘（其）永
寳（寶）用。

841. 郳慶匜（鼀慶匜）

【出土】2002 年山東省棗莊市山亭區東江古墓羣。

【時代】春秋早期。

【著錄】遺珍 113 頁，圖像集成 14905。

【現藏】安徽省博物館。

【字數】10。

【器影】

【拓片】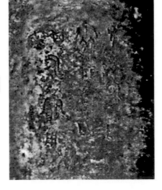

【釋文】鼀（郳）慶乍（作）秦妊它（匜），甘（其）永寶用。

842. 邾慶匜 (鼀慶匜)

【出土】2002 年山東省棗莊市山亭區東江古墓羣。

【時代】春秋早期。

【著錄】遺珍 112 頁，圖像集成 14955。

【現藏】安徽省博物館。

【字數】17（重文 2）。

【器影】

【拓片】

【釋文】鼀（邾）慶乍（作）華妊匜（匜），甘（其）萬年子子孫孫永寶
用言（享）。

843. 夆叔匜 (逢叔匜)

【出土】山東滕縣。

【時代】春秋晚期。

【著錄】三代 17.40.2，貞松 10.42.1，希古 5.28.2，善齋 9.43，小校 9.66.2，
尊古 3.18，善彝 99 甲二，安徽金石 1.39，山東存下 10.1，青全
9.88，北圖拓 253，集成 10282，總集 6876，辭典 752，夏商周
525，國史金 1297，山東成 700，圖像集成 15001。

【現藏】上海博物館。

【字數】36（重文 2）。

【器影】

【拓片】

【釋文】隹（唯）王正月初吉丁亥，夆弔（叔）乍（作）季改盥般（般－
盤），其瀕（釁－眉）耇（壽）萬生（年）永俘（保）其身，它
它巸（熙）巸（熙），耇（壽）老（考）無斳（期），永俘（保）
用之。

844. Ⅲ｜銀匜

【出土】1992 年山東淄博市臨淄商王村田齊墓地（M1:17-4）。

【時代】戰國晚期。

【著錄】考古 2004 年 4 期 72 頁圖 8.6，圖像集成 19601。

【現藏】淄博市博物館。

【字數】2。

【照片】

【摹本】

【釋文】ⅢⅠ。

845. 趚墜夫人匜

【出土】1992 年山東淄博市臨淄商王村田齊墓地（M1:17-5）。

【時代】戰國晚期。

【著錄】文物 1997 年 6 期 24 頁圖 28.2，新收 1085，山東成 718，圖像集
成 19602。

【現藏】淄博市博物館。

【字數】4。

【照片】
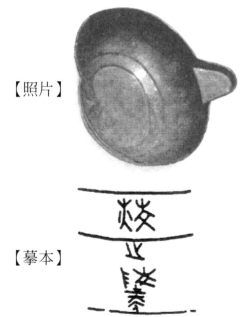

【摹本】

【釋文】趚墜夫人。

傳世匜

846. 亞醜者婀匜

【時代】不詳。

【著錄】山東成 687，總集 6815，善齋 9.37。

【字數】9。

【拓片】

【釋文】亞{醜}者敀（如）呂（以）大子隣（尊）彝。

847. 魯士商戲匜

【時代】西周晚期。

【著錄】山東成 689，集成 10187，青全 9.59，旅順銅 79，圖像集成 14866。

【現藏】旅順博物館。

【字數】6。

【器影】

【拓片】

【釋文】魯士商歔乍（作）也（匜）。

848. 異孟姜匜

【時代】西周晚期。

【著錄】山東成 691，集成 10240，總集 6842，三代 17.32.2，愙齋 16.23.2，綴遺 14.16.1，周金 4.26.2，簠齋三匜 6，小校 9.61.3，韡華壬 5，夏商周 426，鬱華 265.2，圖像集成 14929。

【現藏】上海博物館。

【字數】15。

【器影】

【拓片】

【釋文】王帚（婦）異孟姜乍（作）旅也（匜），其儥（萬）年眉（眉）者（壽）用之。

849. 作子□匜（孟嬴匜）

【時代】西周晚期。

【著錄】山東成 692，集成 10184，三代 17.25.4，總集 6807，山東存邾
3.3，國史金 1276.1，圖像集成 14886。

【現藏】中國國家博物館。

【字數】存 7。

【拓片】

【釋文】乍（作）子□也（匜），永寶用。

850. 齊侯匜

【時代】春秋早期。

【著錄】山東成 697，集成 10272，總集 6866，三代 17.37.2，筠清 4.48.1，
兩罍 7.22，攈古 2.3.15，愙齋 16.23，綴遺 14.14.1，奇觚 18.26，
周金 4.22.2，小校 9.64.4，山東存齊 4，銘文選 497，上海 67，夏
商周 424，圖像集成 14982。

【現藏】上海博物館。

【字數】22（重文 2）。

【器影】

【拓片】

【釋文】𣄰（齊）医（侯）乍（作）𧃒（虢）孟妸（姬）良女寶（寶）也（匜），其萬年無彊（疆），子子孫孫永寶（寶）用。

851. 陳子匜

【時代】春秋中期。

【著錄】山東成 698，集成 10279，總集 6871，三代 17.39.1，攈古 2.3.60.1，愙齋 16.24.2，綴遺 14.18.1，奇觚 8.34.1，周金 4.21.1，簠齋三匜 1，大系 204.2，小校 9.65.2，銘文選 586，故青 226，鬱華 263.4，圖像集成 14994。

【現藏】北京故宮博物院。

【字數】30（重文 1）

【器影】

【拓片】

【釋文】佳（唯）正月初吉丁亥，敶（陳）子子乍（作）奔孟爲（媯）穀
母滕（媵）籃（匜），用蘄（祈）覺（眉）耆（壽）□年無彊（疆），
永耆（壽）用之。

852. 㠱甫人匜（㠱夫人匜）

【時代】春秋早期。

【著錄】山東成 702，集成 10261，總集 6861，三代 17.35.4，貞松 10.40.1，
希古 5.27.1，小校 9.64.1，山東存紀 6，彙編 5.304，國史金 1293，
圖像集成 14973。

【字數】20（重文 2）。

【拓片】

【釋文】㠱甫人余，余王窺（搜）愓（叙）孫，丝（兹）乍（作）寶也（匜），
子子孫孫永寶用。

853. 魯大司徒子仲伯匜

【時代】春秋早期。

【著錄】山東成 703，集成 10277，總集 6872，三代 17.39.2，愙齋 16.27，
綴遺 14.15.1，奇觚 8.33.1，周金 4.21，大系 225，小校 9.65.3，山
東存魯 14，鬱華 268.2，銘文選 814，圖像集成 14993。

【字數】30（重文 2）。

【拓片】

【釋文】魯大嗣（司）徒子中（仲）白（伯）廿（其）庶女釁（屬）孟啟
（姬）賸（媵）也（匜），廿（其）瞴（眉）耆（壽）萬年無彊
（疆），子子孫孫永保用之。

854. 曾子伯父匜

【時代】春秋早期。

【著錄】山東成 704，集成 10207，總集 6824，三代 17.28.5，貞松 10.34，
希古 5.23.3，山東存曾 5.4，國史金 1280，曾銅 390 頁下左，圖像
集成 14897。

【字數】9。

【拓片】

【釋文】隹（唯）曾子白（伯）父自乍（作）隫（尊）盉（匜）。

855. 滕大宰得匜

【時代】春秋中期或晚期。

【著錄】山東成 705，文物 1998 年 8 期 89 頁圖四，近出 1011，新收 1733，新出 1109，圖像集成 14879。

【現藏】香港中文大學文物館。

【字數】7。

【器影】

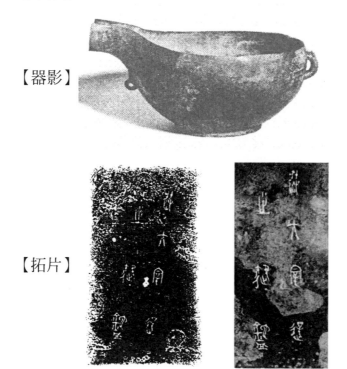

【拓片】

【釋文】滕（滕）大宰逻（得）之御𥂖（匜）。

856. 齊侯匜

【出土】「齊侯四器，以光緒十八年（1892 年）出於河北易縣」（山東存）。

【時代】春秋晚期。

【著錄】山東成 706，集成 10283，總集 6873，三代 4.14.2，綴遺 28.2，奇觚 6.38.2，周金 4 補，齊侯 5，大系 253，小校 9.65.1，山東存齊 3，通考 858，美集 R424，彙編 198，三代補 424，圖像集成 14997。

【現藏】美國紐約大都會美術博物館。

【字數】34（重文4）。

【器影】

【拓片】

【釋文】旂（齊）医（侯）乍（作）饒（滕）寬圓孟姜盥盉（盂），用旂（祈）臠（眉）壽（壽）萬年無彊（疆），它它熙（熙）熙（熙），男女無碁（期）。子子孫孫永保用之。

857. 鑄子獻匜

【時代】春秋早期。

【著錄】山東成709，集成10210，圖像集成14899。

【現藏】山東省博物館。

【字數】9。

【拓片】

【釋文】鼄（鑄）子獻乍（作）也（匜），甘（其）永寶用。

858. 取膚匜

【時代】春秋。

【著錄】山東成 712，集成 10253，總集 6853，三代 17.34.5，攈古 2.2.66.1，
愙齋 16.22.2，綴遺 14.10.1，奇觚 8.32.1，周金 4.24.2，簠齋三匜
2，小校 9.63.1，山東存魯 20，故青 211，鬱華 271.2，圖像集成
14961。

【現藏】北京故宮博物院。

【字數】17（重文 1）。

【器影】

【拓片】

【釋文】取虘（膚）孕（上子）商鼄（鑄）也（匜），用𦦨（媵）之麗妁，
子孫孫永嬪（寶）用。

859. 薛侯匜

【時代】春秋早期。

【著錄】山東成 713，集成 10263，總集 6862，三代 17.36.1，愙齋 16.21，
周金 4.24.1，大系 212.3，小校 9.63.4，山東存薛 1，銘文選 822，
鬱華 283.1，圖像集成 14974。

【字數】20（重文2）。

【拓片】

【釋文】帝（薛）厌（侯）乍（作）弔（叔）玟（妊）襄朕（媵）也（匜），

甘（其）盧（眉）耆（壽）萬年，子子孫孫永寶用。

860. 陳伯元匜

【時代】春秋中期。

【著錄】山東成715，集成10267，總集6860，三代17.35.2，西清32.5，
故宮3期，貞松10.39.2，大系205，通考855，故圖下上221，彙
編321，銘文選585，圖像集成14967。

【現藏】臺北故宮博物院。

【字數】19。

【器影】

【拓片】

【釋文】敶（陳）白（伯）劻之子白（伯）元乍（作）西孟嫣婤母朕（媵）鉈（匜），永耆（壽）用之。

861. 郱□匜

【時代】春秋早期。

【著錄】山東成 717，集成 10236，圖像集成 14926。

【現藏】山東臨沂縣文化館。

【字數】16。

【拓片】

【釋文】苢（莫）父弃□子賓□□寶用，黿（郱）□寶鬲甘（其）□。

862. 魯侯匜

【時代】西周晚期。

【著錄】近出二 956，圖像集成 14923。

【字數】14。

【器影】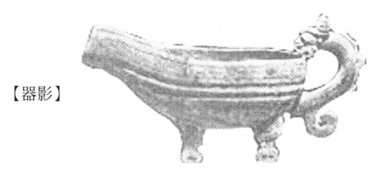

【拓片】

【釋文】魯庆（侯）乍（作）杞姬番鮴（媵）它（匜），其萬年釁（眉）壽寶。

863. 齊侯匜

【時代】春秋中期。

【著錄】山東成 716，集成 10242，薛氏 116.1，圖像集成 14944。

【字數】16（重文 1）。

【摹本】

【釋文】旅（齊）庆（侯）乍（作）楙啟（姬）嶺（寶）也（匜），其萬年子子孫永俘（保）用。

二十五、盂

864. 魯大司徒元盂

【出土】1932 年山東曲阜縣林前村。

【時代】春秋中期。

【著錄】錄遺 512，集成 10316，總集 6903，銘文選 818，山東存魯 15.1，
山東成 723，圖像集成 6221。

【現藏】山東省博物館。

【字數】15。

【拓片】

【釋文】魯大嗣（司）徒元乍（作）歃（飲）盂，萬生（年）羀（眉）耆
（壽），永寶用。

865. 嚚所鬝盂（聽盂）

【出土】11994 年春山東海陽縣磐石店鎮嘴子前村春秋墓（M4.73）。

【時代】春秋晚期。

【著錄】文物精華 97.73，考古 1996 年 9 期 4 頁圖 5.4，中原文物 1998
　　　　年 1 期 78 頁圖 2，近出 1023，新收 1072，故宮文物 1996 年總
　　　　165 期 83 頁圖 20，山東成 725，圖像集成 6215，海岱 37.256。

【現藏】海陽市博物館。

【字數】7。

【器影】

【拓片】

【釋文】樓所鬝（虐－獻）爲下𩰲盂。

866. 濫（監）盂

【出土】2011 年山東沂水春秋古墓。

【時代】春秋。

【著錄】新浪網。

【字數】36（重文 2）。

【拓片】

【釋文】隹（唯）王正月初吉丁亥，琚白（伯）厭之孫繁君季鵝乍（作）
濫（監）盂，用祀用卿（饗），纂（眉）壽無彊（疆），子子孫
孫永寶是尚。

傳世盂

867. 虢叔盂

【時代】西周中期。

【著錄】山東成 724，集成 10306，總集 6892，三代 18.12.1，綴遺 28.2.2，
貞松 11.2.3，銘文選 357，青全 6.142，辭典 657，圖像集成 6210。

【現藏】山東省博物館。

【字數】5。

【器影】

【拓片】

【釋文】虢弔（叔）乍（作）旅盂。

868. 齊侯盂

【出土】河南孟津邙山。

【時代】春秋晚期

【著錄】山東成 726，集成 10318，總集 6907，文物 1977 年 3 期圖版 3.2，
銘文選 845，青全 9.33，圖像集成 6225。

【現藏】洛陽市博物館。

【字數】26（重文 2）。

【器影】

【拓片】

【釋文】旅（齊）厌（侯）乍（作）朕（媵）子中（仲）姜寶盂，其瞫（眉）
耆（壽）薑（萬）生（年），永俘（保）其身，子子孫孫永俘（保）
用之。

二十六、盆

869. 杞伯每亡盆

【出土】清道光、光緒間山東新泰縣。

【時代】春秋早期。

【著錄】三代 18.18.2，攗古 2 之 2.51.1，綴遺 28.10.2，周金 4.37.3，大系 234，集成 10334，總集 6926，銘文選 805，山東存杞 7.2，山東成 720，圖像集成 6265。

【字數】17（重文 2）。

【拓片】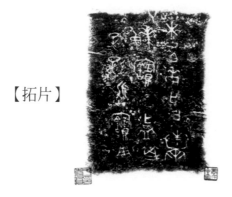

【釋文】杞（杞）白（伯）每亡乍（作）鼄（邾）嬠（曹）䐗（寶）盌（盆），
其子子孫孫坴（永）䐗（寶）用。

870. 黃太子伯克盆

【出土】1977 年冬山東沂水縣院東頭公社劉家店子村墓葬（M1.41）。

【時代】春秋時期。

【著錄】文物 1984 年 9 期 5 頁圖 7 右，集成 10338，山東成 721，圖像集
成 6269。

【現藏】山東省文物考古研究所。

【字數】29（蓋器同銘，重文 2）。

【器影】

【拓片】

【釋文】隹（唯）正月初吉丁亥，黃大（太）子白（伯）克乍（作）甘（其）
　　　　饎盆，其釁（眉）훟（壽）無彊（疆），子子孫孫永寶用之。

【備註】同出 2 件，收錄 1 件。

傳世盆

871. 曾太保盆

【時代】春秋早期。

【著錄】山東成 722，集成 10336，總集 6920，三代 18.13.1，雙王 15，貞
　　　　松 11.08.1，大系 211，小校 9.100.2，善齋 9.59，善彝 100，頌齋
　　　　48，通考 880，山東存曾 11.3，銘文選 692，綜覽・盆 3，圖像集
　　　　成 6268。

【現藏】廣州市博物館。

【字數】21（重文 2）。

【器影】

【拓片】

【釋文】曾大（太）保屬弔（叔）亟用甘（其）吉金，自乍（作）旅盆，
　　　　子子孫孫永用之。

二十七、鐘

872. 己侯𧆨鐘（紀侯𧆨鐘）

【出土】山東壽光縣人得之於紀侯臺下（積古）。

【時代】西周晚期。

【著錄】三代 1.2.1，積古 3.1.2，金索金 1.60.1，清愛 1，從古 10.8，攟古 1 之 3.38.1，憲齋 2.8，綴遺 1.32.2，奇觚 9.2，周金 1.73.2，簠齋 1 鐘 5，大系 235，小校 1.4.2，海外吉 128，山東存紀 1.3，北圖 拓 4，集成 14，總集 6970，斷代 779 頁 163，銘文選 499，山東 成 12，圖像集成 15124。

【現藏】日本京都泉屋博古館。

【字數】6。

【器影】

【拓片】

【釋文】己（紀）厌（侯）虎乍（作）寶鐘。

873. 鐘

【出土】1974 年山東黃縣（今龍口市）歸城南埠村。

【時代】西周晚期。

【著錄】故宮文物 1997 年總 175 期 87 頁圖 21，古研 19 輯 79 頁圖 3.3，
考古 1991 年 10 期 917 頁圖 12.4，新收 1104，山東成 9，圖像集
成 15103。

【現藏】煙台市博物館。

【字數】1。

【器影】

【拓片】

【釋文】。

874. 益公鐘

【出土】「民國二十一年壬申鄒縣出土」（山東存）。

【時代】西周晚期。

【著錄】三代 1.2.3，長安 1.1，攈古 2 之 1.1.1，綴遺 1.2，小校 1.6.2，山東存邾 9.2，陝金 2.1，集成 016，總集 6973，斷代 844 頁 202，銘文選 205，山東成 10，圖像集成 15125。

【現藏】青島市博物館。

【字數】7。

【器影】

【拓片】

【釋文】益公爲楚氏龢鐘（鐘）。

875. 陳大喪史仲高鐘

【出土】1977 年冬山東沂水縣院東頭公社劉家店子村 1 號西周墓葬。

【時代】春秋中期。

【著錄】集成 350，山東成 14，通鑒 15216。

【字數】23（重文 2）。

【拓片】

【釋文】敶（陳）大喪史中（仲）高乍（作），強（疆），子子孫孫永寶。

876. 陳大喪史仲高鐘

【出土】1977 年冬山東沂水縣院東頭公社劉家店子村 1 號西周墓葬。

【時代】春秋中期。

【著錄】集成 351，山東成 16-17，通鑒 15217。

【字數】23（重文 2）。

【器影】

【拓片】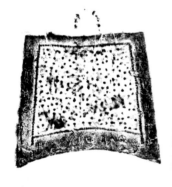

【釋文】敶（陳）大喪史仲高乍（作）鈴鐘，用祈眉壽無疆，子子孫孫永
　　　寶用之。

877. 陳大喪史仲高鐘

【出土】1977 年冬山東沂水縣院東頭公社劉家店子村 1 號西周墓葬。

【時代】春秋中期。

【著錄】集成 352，山東成 18-19，通鑒 15218。

【字數】23（重文 2）。

【器影】

【拓片】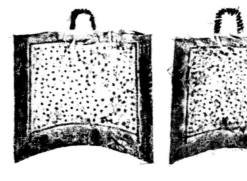

【釋文】敶（陳）大喪史仲高乍（作）鈴鐘，用祈眉壽無疆，子子孫孫永
　　　　寶用之。

878. 陳大喪史仲高鐘

【出土】1977 年冬山東沂水縣院東頭公社劉家店子村 1 號西周墓葬。

【時代】春秋中期。

【著錄】集成 353，音樂（山東）81 頁 1.6.1b，山東成 20-21，通鑒 15219。

【字數】23（重文 2）。

【器影】

【拓片】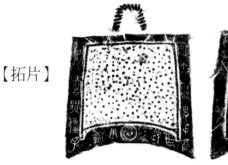

【釋文】陳（陳）大喪史中（仲）高乍（作）鈴鐘，用旛（祈）䚘（眉）耆（壽）無強（疆），子子孫孫永寶用之。

879. 陳大喪史仲高鐘

【出土】1977 年冬山東沂水縣院東頭公社劉家店子村 1 號西周墓葬。

【時代】春秋中期。

【著錄】集成 354，山東成 22-23，通鑒 15220。

【字數】23 字（重文 2）。

【拓片】

【釋文】陳（陳）大喪鐘，用旛（祈）䚘（眉）耆（壽）無強（疆），子子孫孫永寶用之。

880. 陳大喪史仲高鐘

【出土】1977 年冬山東沂水縣院東頭公社劉家店子村 1 號西周墓葬。

【時代】春秋中期。

【著錄】文物 1984 年 9 期 6 頁圖 8，集成 355，山東成 24-25，通鑑 15221。

【字數】23 字（重文 2）。

【拓片】

【釋文】敶（陳）大喪史中（仲）高乍（作）鈴鐘，用旂（祈）賹（眉）
𠫑（壽）無強（疆），子子孫孫永寶用之。

881. 莒叔之仲子平鐘甲（筥叔之仲子平鐘）

【出土】1975 年山東莒南縣大店鎮二號墓（1 號）。

【時代】春秋晚期。

【著錄】考古學報 1978 年 3 期 332 頁圖 19，集成 172，總集 7108，辭典
773，山東成 47，通鑑 15496。

【字數】68（重文 4）。

【器影】

【拓片】

【釋文】佳（唯）弔（叔）之中（仲）子平自乍（作）鎛（鑄）其遊鐘（鐘），玄鏐鋪鋿，乃爲□□音，殺殺雝（雍）雝（雍），韕（聞）于夏，東□□□弦（發）□考□□遊鎗（鐘），訇（以）濼（樂）廿（其）大酉（酉），聖□，驥（恭）飤，廿（其）□□，子子孫孫永保用之。

882. 莒叔之仲子平鐘乙（筥叔之仲子平鐘）

【出土】1975 年山東莒南縣大店鎮二號墓（2 號）。

【時代】春秋晚期。

【著錄】集成 173，山東成 49，通鑑 15497。

【字數】71（重文 4）。

【器影】

【拓片】

【釋文】佳（唯）正月初吉庚午，□□□□自乍（作）□□遊鎗（鐘）夏，東中（仲）□，□□□鎛（鑄）廿（其），遊鎗（鐘），聖智驥（恭）飤，廿（其）受此眉（眉）壽（壽），萬，孫孫永保用之。

883. 莒叔之仲子平鐘丙（筥叔之仲子平鐘）

【出土】1975 年山東莒南縣大店鎮二號墓（3 號）。

【時代】春秋晚期。

【著錄】考古學報 1978 年 3 期 333 頁圖 20，集成 174，總集 7109，山東
成 50，通鑒 15498。

【字數】69 字（重文 3）。

【器影】

【拓片】

【釋文】隹（唯）正月初吉庚午，簹（莒）弔（叔）之中（仲）子平自乍
（作）鬻（鑄）甘（其）遊軨（鐘），玄翏（鏐）鑑（鎬）盧（鏞），
□□之音，殺殺滄（雍）滄（雍），麗（聞）于夏，東中（仲）
平譱（善）弢（發）戲考，盠（鑄）甘（其）遊鐘（鐘），台（以）
濼（樂）甘（其）大酉（酋），聖智雑（恭）哴。甘（其）受此
貴（眉）薔（壽），萬年無誺（期），孫孫永汖（保）用之。

884. 莒叔之仲子平鐘丁（筥叔之仲子平鐘）

【出土】1975 年山東莒南縣大店鎮二號墓（4 號）。

【時代】春秋晚期。

【著錄】集成 175，山東成 51,通鑒 15499。

【字數】71（重文4）。

【器影】

【拓片】

【釋文】顈（聞）于夏，東中（仲）平，譱（善）弢（發）叔考，鹽（鑄）甘（其）遊龡（鐘），刟（以）濼（樂）甘（其）大酉（酋），聖智龔（恭）哴，甘（其）受□□□，萬年無𣅲（期），子子孫孫永保用之。

885. 莒叔之仲子平鐘戊（筥叔之仲子平鐘）

【出土】1975年山東莒南縣大店鎮二號墓（5號）。

【時代】春秋晚期。

【著錄】集成176，山東成52，通鑒15500。

【字數】71（重文4）。

【器影】

【拓片】

【釋文】隹（唯）正，子平遊鈺（鐘），玄鏐（鏐）鐪（鋁）𨥨（鏽），
□□之音，殹殹雄（雍）雄（雍），𦖞（聞）于夏東，中（仲）
平喜（善）弖（發）叡考，盨（鑄）甘（其）。

886. 莒叔之仲子平鐘己（𥷚叔之仲子平鐘）

【出土】1975 年山東莒南縣大店鎮二號墓（6 號）。

【時代】春秋晚期。

【著錄】考古學報 1978 年 3 期 333 頁圖 21，集成 177，總集 7110，山東
成 53，通鑒 15501。

【字數】71（重文 4）。

【器影】

【拓片】

【釋文】簹（莒）弔（叔）之中（仲）子平自乍（作）爨（鑄）甘（其）遊，鹻（鍚）鹻（鏽）顤（聞）于夏東中（仲）平蕭（善）弢（發）叡考（孝），鹽（鑄）甘（其）遊鉽（鐘），𠣰（以）濼（樂），甘（其）大酉（酉）聖。智鷩（恭）哴，甘（其）受此賮（眉）奮（壽）萬年無鮨（期），子子孫孫永保用之。

887. 莒叔之仲子平鐘庚（筥叔之仲子平鐘）

【出土】1975 年山東莒南縣大店鎮二號墓（7 號）。

【時代】春秋晚期。

【著錄】集成 178，山東成 54，通鑑 15502。

【字數】69（重文 4）。

【器影】

【拓片】
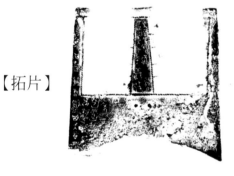

【釋文】之音殺殺，溳（雍）溳（雍）顤（聞）于，夏東中（仲）平，蕭（善）弢（發）□□，鹽（鑄）甘（其）遊鉽（鐘），台（以）濼（樂）甘（其）大酉（酉），□智鷩（恭）哴，甘（其）□此賮（眉）奮（壽）□年，無

888. 莒叔之仲子平鐘辛（筥叔之仲子平鐘）

【出土】1975 年山東莒南縣大店鎮二號墓（8 號）。

【時代】春秋晚期。

【著錄】集成 179，山東成 55，通鑒 15503。

【字數】72（重文 5）。

【器影】

【拓片】

【釋文】之音殺殺。漮（雍）漮（雍）馞（聞）于，夏東中（仲）平，譱（善）弢（發）戲考，鑘（鑄）甘（其）遊軧（鐘），□灤（樂）甘（其）大酉（酉），聖智戁（恭）哏，甘（其）受此質（眉）耆（壽）萬年無耜（期），子子孫孫永保用之。

889. 莒叔之仲子平鐘壬（筥叔之仲子平鐘）

【出土】1975 年山東莒南縣大店鎮二號墓（9 號）。

【時代】春秋晚期。

【著錄】考古學報 1978 年 3 期 334 頁圖 22，集成 180，總集 7111，山東成 56，通鑒 15504。

【字數】71（重文 4）。

【拓片】

【釋文】隹（唯）正月初吉庚午，簪（莒）弔（叔）之中（仲）子平自乍（作）鹽（鑄）甘（其）遊轮（鐘），玄鏐（鏐）鱠（鎬）鱠（鏽），□□之音，殺殺滜（雍）滜（雍），䭫（聞）于夏東，中（仲）平蠹（善）弦（發）虩考，鹽（鑄）甘（其）遊轮（鐘），㠯（以）濼（樂）甘（其）□酉（酋），聖智䵽（恭）哴，甘（其）受此賨（眉）耆（壽），萬年無□，子子孫孫永保用之。

890. 叔夷鐘

【出土】宣和五年（1123）青州臨淄縣民於齊故城耕地（金石錄 13.2）。

【時代】春秋晚期（齊靈公）。

【著錄】總集 7182，博古 22.11，薛氏 65~66，嘯堂 79，大系 244，銘文選 848 甲，集成 272。

【字數】84（合文 1）。

【摹本】

【釋文】隹（唯）王五月，唇（辰）才（在）戊寅，師（師）于鼉淖，公曰：女（汝）尸（夷），余經乃先升（祖），余既專乃心，

女（汝）忐（悄）悶（畏）忌，女（汝）不豕（墜），歼（夙）
夜宦鞖（執）而（爾）政事，余引猷（厭）乃心，余命女（汝）
政于朕三軍，筋（肅）成朕師（師）旟之政德，諫（娣）罰朕
庶民，左右母（毋）諱，尸（夷）不敢弗懲戒，虔卹乎死事，
勠穌（和）三

891. 叔夷鐘

【出土】宣和五年（1123）青州臨淄縣民於齊故城耕地（金石錄 13.2）。

【時代】春秋晚期（齊靈公）。

【著錄】總集 7183，博古 22.11，薛氏 66-67，嘯堂 79，大系 245，銘文選
848 乙，集成 273。

【字數】76（合文 2）。

【摹本】

【釋文】軍徒旟雩（與）乓行師（師），脊（慎）中乓罰，公曰：尸（夷），
女（汝）敬共（恭）辝（台）命，女（汝）雁（膺）鬲（曆）
公家。女（汝）婯（勤）袈（勞）朕行師（師），女（汝）肇
（肇）勄（敏）于戎攻（功），余易（賜）女（汝）戳（鄆）
都朕剗，其縣三百，余命女（汝）飌（司）辝（台）戳（鄆）
遒，或徒三（四）千，爲女（汝）敊寮，尸（夷）敢用捧（拜）
顡首，弗敢不對馭（揚）朕辟皇君之。

892. 叔夷鐘

【出土】宣和五年（1123）青州臨淄縣民於齊故城耕地（金石錄 13.2）。

【時代】春秋晚期（齊靈公）。

【著錄】總集 7184，博古 22.12，薛氏 67-68，嘯堂 79-80，大系 246，銘
文選 848 丙，集成 274。

【字數】71（合文 1）。

【摹本】

【釋文】易（賜）休命，公曰：尸（夷）。女（汝）康能乃又（有）事衛
（遷）乃觳寮，余用登屯（純）厚乃命，女（汝）尸（夷）母（毋）
曰：余少子，女（汝）尃余于囏（艱）卹，虖（虔）卹不易，左
右余一人，余命女（汝）裁（載）差（左）正卿，覾（兼）命于
外內之事，中尃盟（明）井（刑），台（以）尃戒公家，雁（膺）
卹余于。

893. 叔夷鐘

【出土】宣和五年（1123）青州臨淄縣民於齊故城耕地（金石錄 13.2）。

【時代】春秋晚期（齊靈公）。

【著錄】總集 7185，薛氏 68-69，大系 246-247，銘文選 848 丁，集成
275。

【字數】67（重文 1，合文 2）。

【摹本】

【釋文】盟（明）卹，女（汝）台（以）卹余朕身，余易（賜）女（汝）馬車戎兵戲（萊）僕三百又五十家。女（汝）台（以）戒戎伐（作），尸（夷）用或敢再捧（拜）頜首，雁（膺）受君公之易（賜）光，余弗敢濾（廢）乃命，尸（夷）簀（典）其先舊及其高祖，虩（虢）虩（虢）成唐（湯），又（有）敢（嚴）才（在）帝所，專受天

894. 叔夷鐘

【出土】宣和五年（1123）青州臨淄縣民於齊故城耕地（金石錄 13.2）。

【時代】春秋晚期（齊靈公）。

【著錄】總集 7186，博古 22.13，薛氏 70-71，嘯堂 80，大系 247-248，銘文選 848 戊，集成 276。

【字數】81。

【摹本】

【釋文】命。𠟭伐頙（夏）後，㪔乒鼺（靈）師（師），伊少（小）臣
佳（唯）桷（輔），咸有九州，處壏之堵（土）。不（丕）顯
穆公之孫，其配襄公之姑，而餲（成）公之女，雫生弔（叔）
尸（夷），是辟于旅（齊）厌（侯）之所。是忩（悄）𩰀（恭）
遖，鼺（靈）力若虎，蓳（勤）袋（勞）其政事，又（有）共
（恭）于箮武鼺（靈）公之所，箮武霝公易（賜）尸（夷）吉
金。

895. 叔夷鐘

【出土】宣和五年（1123）青州臨淄縣民於齊故城耕地（金石錄 13.2）。

【時代】春秋晚期（齊靈公）。

【著錄】總集 7187，博古 22.14，薛氏 71-72，嘯堂 81，大系 248，銘文選
848 己，集成 277。

【字數】70（重文 2）

【摹本】

【釋文】鈇（鉄）鎬玄鏐鐼鋁，尸（夷）用𢏱（作）鼺（鑄）其寶鍾（鐘），
用宮（享）于其皇昕（祖）皇妣（姚）皇母皇考，用旂（祈）
貹（眉）耆（壽），霝（令）命難老。不（丕）顯皇祖，其乍
（作）福元孫，其萬福屯（純）魯，穌斁（協）而（爾）又（有）
事，卑（俾）若鍾（鐘）鼓，外內剴（闔）辟，殺殺罍罍，遟
而（爾）匐（俑）剢，母（毋）或承（脅）頪。

896. 叔夷鐘

【出土】宣和五年（1123）青州臨淄縣民於齊故城耕地（金石錄 13.2）。

【時代】春秋晚期（齊靈公）。

【著錄】總集 7188，薛氏 72-73，大系 249，銘文選 848 庚，集成 278。

【字數】41（重文 1）。

【摹本】

【釋文】女（汝）考耆（壽）萬年，永俘（保）其身。卑（俾）百斯男而
　　　　觌斯字。篩（肅）篩（肅）義（儀）政，旎（齊）厌（侯）左右，
　　　　母（毋）疾母（毋）巳（已），至于枼曰，武黶（靈）成，子孫
　　　　永俘（保）用䛃（享）。

897. 叔夷鐘

【出土】宣和五年（1123）青州臨淄縣民於齊故城耕地（金石錄 13.2）。

【時代】春秋晚期（齊靈公）。

【著錄】總集 7190，薛氏 73，大系 249，集成 279。

【字數】14（重文 1）。

【摹本】

【釋文】政遣（德），諫（娕）罰朕庶民，左右母（毋）諱，尸（夷）不
敢

898. 叔夷鐘

【出土】宣和五年（1123）青州臨淄縣民於齊故城耕地（金石錄13.2）。

【時代】春秋晚期（齊靈公）。

【著錄】總集7189，薛氏73，集成280。

【字數】28（重文1）。

【摹本】

【釋文】斯男而耰（執）斯字，簫（肅）簫（肅）義（儀）政，旅（齊）
厌（侯）左右，母（毋）公之孫，其配襄公之妯，而餓（成）公
之女

899. 叔夷鐘

【出土】宣和五年（1123）青州臨淄縣民於齊故城耕地（金石錄 13.2）。

【時代】春秋晚期（齊靈公）。

【著錄】總集 7191，薛氏 74，集成 281。

【字數】20。

【摹本】

【釋文】轂（執）而（爾）政事，余引猒（厭）乃心，余劼（敏）于戎攻
（功），余易（賜）女（汝）鼢（鄙）都朕

900. 叔夷鐘

【出土】宣和五年（1123）青州臨淄縣民於齊故城耕地（金石錄 13.2）。

【時代】春秋晚期（齊靈公）。

【著錄】總集 7192，薛氏 74，集成 282。

【字數】20。

【摹本】

【釋文】女（汝）專余于囏（艱）卹，辪（虔）卹不易，敢再捧（拜）頡
　　　　首，雁（膺）受君公之

901. 叔夷鐘

【出土】宣和五年（1123）青州臨淄縣民於齊故城耕地（金石錄 13.2）。

【時代】春秋晚期（齊靈公）。

【著錄】總集 7193，薛氏 74～75，集成 283。

【字數】16。

【摹本】

【釋文】若虎堇（勤）袈（勞）其政事，又九州，處堣之堵（土），不（丕）
　　　　顯

902. 叔夷鐘

【出土】宣和五年（1123）青州臨淄縣民於齊故城耕地（金石錄 13.2）。

【時代】春秋晚期（齊靈公）。

【著錄】總集 7194，薛氏 75，集成 284。

【字數】14。

【摹本】

【釋文】卑（俾）若鍾（鐘）鼓，外內其皇朕（祖）皇妣，皇母皇

903. 公孫潮子鐘

【出土】1970 年春山東諸城市臧家莊（今名龍宿村）戰國墓。

【時代】戰國早期。

【著錄】文物 1987 年 12 期 51 頁圖 9.3，近出 6，新收 1145，山東成 76.3，
　　　　圖像集成 15182。

【現藏】諸城市博物館。

【字數】17。

【拓片】

【釋文】陞（陳）蘇（徙）立事歲，十月己丑，莒（莒）公孫淖（潮）子
　　　　窖（造）器也。

904. 公孫潮子鐘

【出土】1970 年春山東諸城市臧家莊（今名龍宿村）戰國墓。

【時代】戰國早期。

【著錄】文物 1987 年 12 期 51 頁圖 9.2，近出 7，新收 1144，山東成 76.2，
　　　　圖像集成 15181。

【現藏】諸城市博物館。

【字數】17。

【器影】

【拓片】

【釋文】陸（陳）堥（徙）立事歲，十月己丑，莒（莒）公孫淖（潮）子窑（造）器也。

905. 公孫潮子鐘

【出土】1970年春山東諸城市臧家莊（今名龍宿村）戰國墓。

【時代】戰國早期。

【著錄】青全9.40，文物1987年12期51頁圖9.1，近出8，新收1139，山東成76.1，圖像集成15180。

【現藏】諸城市博物館。

【字數】17。

【器影】

【拓片】

【釋文】陸（陳）竷（徙）立事歲，十月己丑，莒（莒）公孫淖（潮）子
窖（造）器也。

906. 公孫潮子鐘

【出土】1970 年春山東諸城市臧家莊（今名龍宿村）戰國墓。

【時代】戰國早期。

【著錄】文物 1987 年 12 期 51 頁圖 9.4，近出 9，新收 1146，山東成 76.4，
圖像集成 15183。

【字數】17。

【器影】

【拓片】

【釋文】陞（陳）躱（徙）立事歲，十月己丑，莒（莒）公孫淖（潮）子窹（造）器。

傳世鐘

907. 魯原鐘（魯邊鐘）

【時代】西周晚期。

【著錄】山東成 11，集成 18，總集 6975，三代 1.3.2，攈古 2.1.19，愙齋 2.9.2，綴遺 2.1，奇觚 18.27，周金 1.72.1，大系 227，小校 1.8.1，山東存魯 4.1，銘文選 486，韡華甲 1，音樂（上海江蘇）1.2.10b，夏商周 432，圖像集成 15126。

【現藏】上海博物館。

【字數】8。

【器影】

【拓片】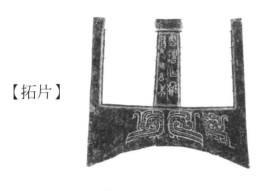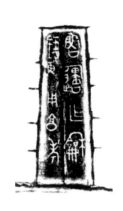

【釋文】魯遼（原）乍（作）龢鐘，用言（享）考（孝）。

908. 鑄侯求鐘

【時代】春秋早期。

【著錄】山東成 26，集成 47，總集 7002，三代 1.9.1，貞松 1.4.1，貞圖上 1，山東存鑄 1.1，國史金 22，圖像集成 15178。

【字數】17（重文 2）。

【器影】

【拓片】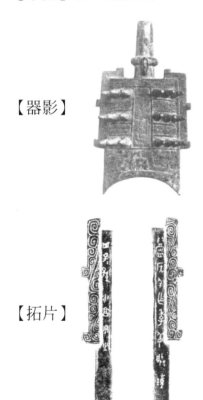

【釋文】鑄（鑄）厌（侯）求乍（作）季姜朕（媵）鐘，甘（其）子子孫孫永言（享）用之。

909. 邾君鐘（黿君鐘）

【時代】春秋晚期。

【著錄】山東成 40，集成 50，總集 7000，三代 1.8.1，貞松 1.3.1，大系 218，山東存邾 10.1，銘文選 825，國史金 21，圖像集成 15175。

【字數】17。

【拓片】

【釋文】黿（邾）君求吉金，用自乍（作）甘（其）穌鍾（鐘）□龤（鈴），用麂（處）大政。

910. 虢叔旅鐘

【出土】傳清末陝西寶雞川司，一說長安河壖之中。

【時代】西周晚期。

【著錄】山東成 13，集成 244，總集 7156，三代 1.62.1，攈古 3.2.6，悫齋 1.16，從古 10.6，綴遺 1.23，周金 1.10.2，大系 123，小校 1.89.1，音樂（山東）1.5.4，山東藏 51，山東萃 127，青全 6.145。

【現藏】山東省博物館。

【字數】18（重文 1）。

【器影】

【拓片】

【釋文】……皇考叀弔（叔）大酓（林）龢鐘，皇考嚴才（在）上，異（翼）
才（在）下，數數……

911. 齊鮑氏鐘

【時代】春秋晚期。

【著錄】山東成 73-74，集成 142，，總集 7082，三代 1.42.3-1.43.1，貞松
1.15.2，大系 252，山東存齊 10，銘文選 844，國史金 37（正面），
圖像集成 15416。

【字數】54（重文 2）。

【拓片】（正面） （背面）

【釋文】隹（唯）正月初吉 丁亥，旅（齊）鞷（鮑）氏孫□羃（擇）其吉
金，自乍（作）龢鐘，卑（俾）鳴攴（攸）好。用宫（享）㠯（以）
孝于訇（予）皇且（祖）文考，用匽（宴） 用喜，用樂嘉賓，及
我□□，子子孫孫永保鼓之。

912. 邾公華鐘

【出土】傳山東鄒縣。

【時代】春秋晚期。

【著錄】山東成 37-38，集成 245，總集 7157，三代 1.62.2，積古 3.18，攈古 3.2.6，綴遺 2.24，周金 1.5，大系 216，小校 1.90，山東存邾 8，通考 954，上海 82，彙編 3.48，銘文選 827，韡華甲 8，辭典 770，音樂（北京）1.5.21，圖像集成 15591。

【現藏】中國國家博物館。

【字數】93（重文 2）。

【器影】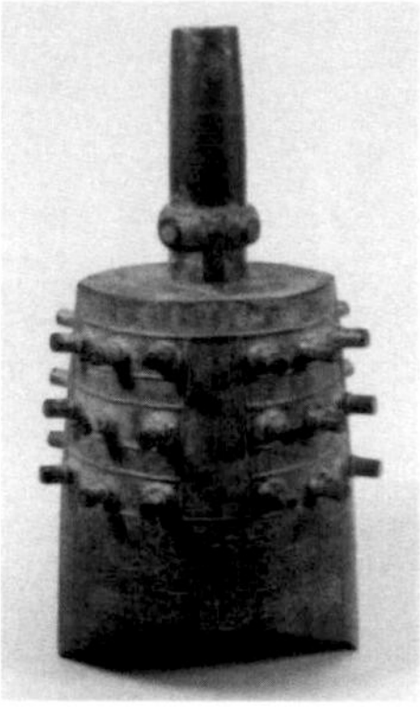

【拓片】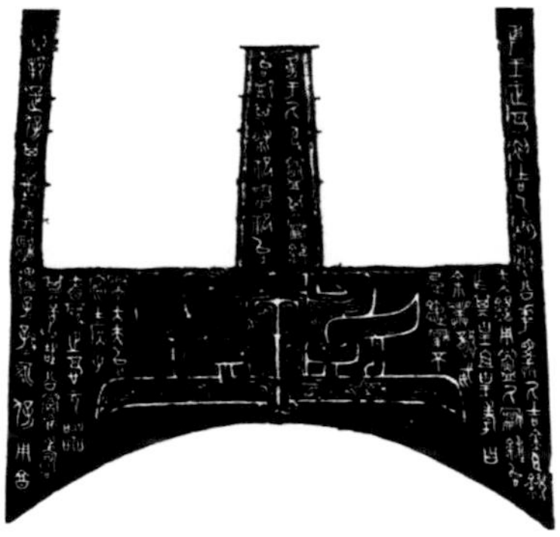

【釋文】隹（唯）王正月初吉乙亥，鼄（邾）公華睪（擇）氒吉金，玄鏐赤鏞，用盥（鑄）氒龢鍾（鐘）。台（以）乍（祚）其皇且（祖）、皇考。曰：余畢（畢）龏（恭）威（畏）忌，忎（淑）穆，不彖（墜）于氒身，盥（鑄）其龢鍾（鐘），台（以）卹其祭祀盟（盟）祀，台（以）樂大夫，台（以）宴士庶子，昚（慎）爲之名（銘），元器其舊，哉（載）公釁（眉）耈（壽），鼄（邾）邦是保，其萬（萬）年無彊（疆），子子孫孫永保用亯（享）。

913. 邾大宰鐘

【時代】春秋早期。

【著錄】山東成 31-32，集成 86，總集 7019，三代 1.15.2-1.16.1，西甲 17.24，貞松 1.7，故宮 8 期，大系 219，山東存邾 12.2-13.1，通考 965，故圖下上 241，彙編 202，銘文選 831，圖像集成 15276。

【現藏】臺北故宮博物院。

【字數】36（重文 2）。

【器影】

【拓片】（正面）（背面）

【釋文】鼄（邾）大宰欉子□自乍（作）其□鍾（鐘），□□吉金膚（鏞）呂（鋁），□用□覉（眉）耆（壽）多福（福），萬年無彊（疆），子子孫孫永保用亯（享）。

914. 邾叔之伯鐘（鼄叔之伯鐘）

【時代】春秋時期。

【著錄】山東成 33，集成 87，總集 7026，三代 1.19.1，山東存邾 11.2，銘文選 829，音樂（北京）圖 1.5.22，故青 258，圖像集成 15319。

【現藏】北京故宮博物院。

【字數】43（重文 2）。

【器影】

【拓片】

【釋文】佳（唯）王六初吉壬午，黿（郳）弔（叔）之白（伯）□□羃（擇）
ナ（秊）吉金，用□其穌鍾（鐘），呂（以）乍（祚）其皇且（祖）、
皇考，用旂（祈）耆（眉）嘼（壽）無彊（疆），子子孫孫永儥
（保）用亯（享）。

915. 郳公鈃鐘

【時代】春秋晚期。

【著錄】山東成 27-28，集成 102，總集 7027，三代 1.19.2，憲齋 1.21，
陶齋 1.15，周金 1.56，大系 217，小校 1.30，山東存郳 9.1，上
海 83，彙編 187，銘文選 828，，辭典 769，音樂（上海）1.2.18ab，
青全 9.90，夏商周 537，鬱華 477，圖像集成 15275。

【現藏】上海博物館。

【字數】36。

【器影】

【拓片】

【釋文】陸蟲（融）之孫邾公鈁乍（作）乓禾（龢）鍾（鐘），用敬卹盟（盟）祀，旂（祈）年釁（眉）嘼（壽），用樂我嘉宁（賓）及我正卿，敡（揚）君霝（靈）君吕（以）蓳（萬）年。

916. 楚余義鐘（余購鈼兒鐘）

【時代】春秋晚期。

【著錄】山東成 77，集成 183，山左 2.3，總集 7117，三代 1.50.2-1.51.1，積古 3.3-5，攈古 3.1.69，周金 1.29-1.30，大系 171-172，小校 1.57-1.58，銘文選 572 甲，韡華甲 5，圖像集成 15528。

【現藏】北京故宮博物院。

【字數】74（重文 1）。

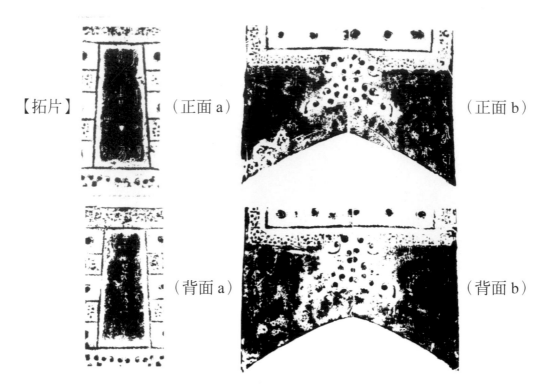

【拓片】 （正面 a） （正面 b）

（背面 a） （背面 b）

【釋文】佳（唯）正九月初吉丁亥，曾孫儵（僮）兒，余达斯于之孫，
余丝（兹）狱□□□，曰：于（嗚）虖（呼）敬哉，余義楚之
良臣，而儂之字（慈）父，余購儂兒得吉金鎛（鏽）鋁，台（以）
鋁（鑄）訴（和）鐘，台（以）追孝侁（先）且（祖），樂我
父兄，歔（飲）飤訶（歌）舞，孫孫用之，後民是語（娛）。

917. 盧鐘

【時代】西周中期。

【著錄】山東成 1，集成 88，總集 7021，三代 1.17.1，愙齋 2.10，綴遺
1.24，奇觚 9.11，周金 1.57，簠齋 1 鐘 2，海外吉 135，小校 1.28.1，
山東存紀 4，通考 953，彙編 4.194，銘文選 390 甲，144，圖像
集成 12，北圖拓 14。

【現藏】日本京都泉屋博古館。

【字數】35。

【器影】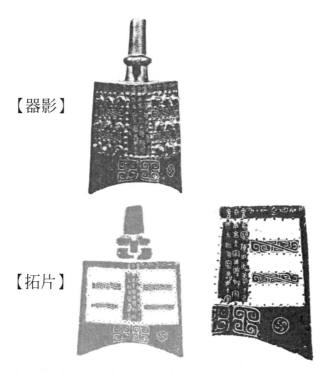

【拓片】

【釋文】隹（唯）正月初吉丁亥，盧乍（作）寶鍾（鐘），用追孝于己白（伯），用亯（享）大宗，用濼（樂）好万（賓），盧罘蔡姬永寶，用卲大宗。

918. 盧鐘

【時代】西周中期。

【著錄】山東成 3，集成 89，總集 7022，三代 1.17.2，貞松 1.8，希古 1.6，尊古 1.2，小校 1.28.2，山東金存紀 3，銘文選 390，音樂（北京）圖 1.5.2，故青 176，國史金 31，圖像集成 15270。

【現藏】北京故宮博物院。

【字數】35。

【器影】

【拓片】  （正面左鼓）  （背面右鼓）

 （正面鉦間）

【釋文】隹（唯）正月初吉丁亥，盧乍（作）寶鐘，用追孝于己白（伯），
用亯（享）大宗，用濼（樂）孜（好）宗，盧罘蔡敀（姬）永寶，
用卲大宗。

919. 叔鐘

【時代】西周中期。

【著錄】山東成 7，集成 90，總集 7024，三代 1.18.2，貞補上 1，周金 1
補，山東存紀 5.1，燕園聚珍 69，國史金 15，圖像集成 15271。

【現藏】北京大學賽克勒考古與藝術博物館。

【字數】12。

【器影】

【拓片】

【釋文】用追孝于己白（伯），用亯（享）大宗，用濼（樂）……

920. 馭鐘

【時代】西周中期。

【著錄】山東成 8，集成 91，總集 7025，三代 1.18.3，挍林 1，周金 1.59.2，
希古 1.1，小校 1.4.1，山東存紀 5.2，圖像集成 15272。

【字數】6。

【器影】

【拓片】

【釋文】……孜（好）宗，櫨（馭）罘蔡啟（姬）。

921. 馭鐘

【時代】西周中期。

【著錄】山東成 5，集成 92，總集 7023，三代 1.18.1，攈古 2.3.33，愙齋
2.11，綴遺 1.25，奇觚 9.10，周金 1.59，海外吉 136，小校 1.23.2，

簠齋 1 鍾 3，山東存紀 4，彙編 256，北圖拓 10，銘文選 391，韡華甲 3，圖像集成 15273。

【現藏】日本京都泉屋博古館。

【字數】25。

【器影】

【拓片】

【釋文】……首，敢對腥（揚）天子不（丕）顯休，用乍（作）朕文考釐（萊）白（伯）鯀鬵（林）鈺（鐘），虤罖蔡姬永寶。

922. 邿公豎鐘（䵼公豎鐘）

【時代】春秋晚期。

【著錄】山東成 41，集成 149，總集 7084，三代 1.48.2，攈古 3.1.39，積古 3.20，周金 1.38，大系 215，山東存邿 7.2，音樂（北京）圖 1.5.20，圖像集成 15421。

【現藏】北京故宮博物院。

【字數】56。

【器影】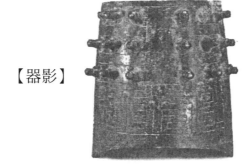

【拓片】

【釋文】隹（唯）王正月初吉，辰才（在）乙亥，黿（邾）公牼罪（擇）
乓吉金，玄鏐膚（鏞）呂（鋁），自乍（作）龢鐘，曰：余畢（畢）
鞊（恭）威（畏）忌，盥（鑄）辝龢鍾（鐘）二鍺（堵），台（以）
其身，台（以）宴大夫，台（以）喜者（諸）士，至于蘁（萬）
年，分器是寺。

923. 邾公牼鐘（黿公牼鐘）

【時代】春秋晚期。

【著錄】山東成 42，集成 150，總集 7085，三代 1.49.1，貞松 1.16，周金
1 補，大系 213，綴遺 2.23，山東存邾 6，希古 1.13，彙編 3.125，
音樂（上海江蘇）1.3.8，圖像集成 15422。

【現藏】南京博物院。

【字數】57。

【拓片】

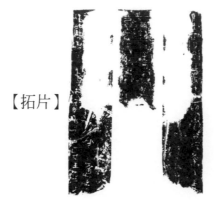

【釋文】隹（唯）王正月初吉，辰才（在）乙亥。郳（邾）公牼羃（擇）
乓吉□，玄鏐膚（鏤）呂（鋁），自乍（作）龢鐘，曰：余畢（畢）
龔（恭）威（畏）忌，盥（鑄）辪龢鐘二鍺（堵），台（以）樂
其身，台（以）宴大夫。台（以）喜者（諸）士，至于□年，分
器是寺。

924. 邾公牼鐘（竈公牼鐘）

【時代】春秋晚期。

【著錄】山東成 43-44，集成 151，總集 7086，三代 1.49.2，兩罍 3.3，攈
古 3.1.38，愙齋 1.22，綴遺 2.21，陶齋 1.16，周金 1.36，大系 214，
小校 1.48.2，山東存郳 5.3，上海 81，彙編 3.124，銘文選 826，
辭典 768，音樂（上海江蘇）1.2.17ab，青全 9.89，夏商周 536，
圖像集成 15423。

【現藏】上海博物館。

【字數】57。

【器影】

【拓片】

【釋文】隹（唯）王正月初吉，辰才（在）乙亥，䶜（邾）公牼睪（擇）
氒吉金，玄鏐膚（鋪）呂（鋁），自乍（作）龢鍾（鐘），曰：
余畢（畢）龏（恭）威（畏）忌，盠（鑄）辝龢鍾（鐘）二鍺（堵），
台（以）樂其身，台（以）宴大夫，台（以）喜者（諸）士，至
于萬年，分器是寺。

925. 邾公牼鐘（䶜公牼鐘）

【時代】春秋晚期。

【著錄】山東成 46，集成 152，總集 7087，三代 1.50.1，貞松 1.17，周金
1.37，大系 215，山東存邾 7.1，圖像集成 15424。

【字數】存 55。

【拓片】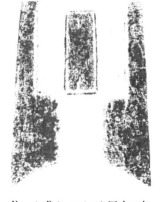

【釋文】隹（唯）王正月初吉，辰才（在）乙亥，䶜（邾）公牼睪（擇）
氒吉金，玄鏐膚（鋪）呂（鋁），自乍（作）龢鐘，曰：余畢（畢）
龏（恭）威（畏）忌，盠（鑄）辝龢鐘二鍺（堵），台（以）樂
其身，台（以）宴大夫，台（以）喜者（諸）士，至于□年，分
器是寺。